BAILA EL LOCO

Baila El Loco

MaJu

Primera Edición 2023

La presentación y disposición en conjunto de

Baila El Loco

Son propiedad de la Autora:

© María Justa Pérez Araiza.

No. de Registro de Derecho de Autor en trámite.

Cihuatlán, Jalisco, México.

Portada:

Diagramación y Diseño: Eder Galeón.

Impreso y Hecho en México.
Printed and Made in Mexico.

Índice

Baila El Loco

Baila El Loco

Introducción

Esta novela, no es un análisis sobre la mente humana, no soy psicoanalista y menos pretendo conmover a nadie. Simplemente es un recuento de una serie de hechos entre reales y ficticios, que ocurrieron en un tiempo y espacio determinado.

Hace muchos años, la vida me puso en el camino de una mujer, que me escogió para volcar sus cuitas.

Ella, por alguna razón se sentía responsable de ayudar a su niño, contar sus penas, ella creía que al contarlas, era como la zarpas hacia el viento, así podrían todos calmar un poco su espíritu atormentado…

Debo ser franca y decir que tardé mucho tiempo para tener el valor de escribirlo y más aún para publicarlo... debo también agregar, que yo jamás le dije a ella que fuera una escritora, porque nunca ostentaba semejante título. En todo caso, me llamaría a mí misma escribana, cómo llegué a oír a mis abuelos decirles a los que les escribían las cartas, a los que no sabían leer, a ellos acudían todos los que querían comunicarse, y también se les podía encontrar por fuera de los juzgados, el las plazas y hasta en los vecindarios.

Aun así, Marcos "El Loco", siempre danzó en mi memoria. Pero también en mi corazón, porque a lo largo del camino de mi vida, ya he conocido a muchos "Marcos".

A menudo encontré seres parecidos, hombres y mujeres que ocultan su locura de tantas formas y colores, sin que el mundo logre ver lo hermosa que esta locura pueda llegar a ser...

¿Cuándo? y ¿Cómo? estos sentimientos llegan a ser tan profundos, que nos pueden conducir a diferentes caminos; la desesperación, la locura, o la muerte...

Nuestra historia se asoma por ventanas muy tenebrosas exponiendo la fragilidad o mejor dicho, la benevolencia de la mente humana.

Desde niña he pensado que tanto la demencia como la locura, la sordera y hasta la pérdida de la visión por la edad, son bondades de la naturaleza.

*Las parejas, cuando llegan juntos a una edad avanzada, ya no escuchan, desde lo más básico hasta los reclamos, ni los lamentos.

*Luego cuando los dos envejecen, van perdiendo la vista. Les es difícil ver con claridad el deterioro físico de su pareja o de ellos mismos. Y así...se siguen pensando bellos.

* En mi pobre opinión, la demencia es otra forma de defensa, que desconecta los recuerdos tristes y dolorosos, como la ingratitud, el abandono y las pérdidas, de una realidad que suele ser cruel.

Aunque la locura en la vida de nuestro loco, fue....   ...La más benevolente. Cortó de tajo los golpes que la vida le asestó.

Ahora, sin importar la gramática, el buen léxico, las buenas letras y menos la literatura simplemente va... va que va.

Su servidora MaJu.

Baila El Loco

Prólogo

A lo largo de nuestras vidas, cuando viajamos y visitamos algún pueblo o ciudad, lo hacemos con la idea de vivir nuevas experiencias, disfrutar de sus tradiciones y deleitarnos con sus colores y sabores.

Baila El Loco es una novela de la autora MaJu, la cual en sus capítulos, nos comparte una historia real que se encontró durante uno de sus viajes y que ahora, tras varias décadas, decide plasmar en papel, para compartirla con sus amigos y seres queridos.

La historia de Lina y Marcos, es una historia que ocurre durante la época del porfiriato y que te guiará a un conjunto de eventos que te harán volar la imaginación y sentirte parte de la misma.

¿Qué clase de profundidad existió en ese amor, que puede conducir a la muerte o a la locura?

Eder Galeón.

Baila El Loco

Mi Encuentro con "El Loco"

Baila El Loco

Nunca sabré por qué escogí el Estado de Veracruz para pasar mis vacaciones. Podría haber sido cualquier otro lugar del mundo y sin embargo algo me llevó a ese preciso lugar.

Aquella tarde, ya descansada de mi viaje, salí a dar mi primer paseo por los alrededores para ir conociendo el lugar.

De pronto, me llamó la atención una algarabía de vagos que corrían en círculos gritando a todo pulmón, los que me hicieron detener mi paseo. —¡Que baile, que baile, que baile "El Loco"! —Tirándose con picardía, una mezcla de asco y un gusto malsano, un objeto que a primera vista no le encontré forma. Uno de ellos me vio, e inmediatamente alertó a los demás, callándose abruptamente.

Yo me acerqué venciendo mi temor, con una mueca que intentó ser una sonrisa… y a propósito deteniendo la mirada en cada uno de ellos, frunciendo el ceño para darle más dramatismo a mi "intervención" recorría con la mirada de arriba abajo, con el claro propósito de intimidarlos... uno a uno fueron retrocediendo hasta echarse a correr y en un dos por tres desaparecieron quién sabe a dónde.

Solo había quedado uno... Fue la primera vez que vi a Marcos "El Loco", estaba tirado en el piso con las rodillas lastimadas y sangrantes. Doblado, como si fuera un animalito herido y mascullando entre lágrimas, repetía algo intangible.

Aquel hombre parecía un guiñapo.

Al verlo imaginé a un anciano de unos sesenta años quizá, o tal vez un poco más.

Tras unos segundos de tensión, el hombre movió lentamente la cabeza y me miró de soslayo. Luego trató de incorporarse con desconfianza y lanzó un grito destemplado, más bien, un alarido. —¡Es mía! ¡Es mi bolsa! ¡Es mía!... ¡Dámela! ¡Es mía! —Repetía temblando con la mirada desorbitada y una expresión entre mezcla de curiosidad y miedo pareció mirarme… no ¿No?

Yo sentí un escalofrío cuando abrió sus ojos inundados de llanto repitiendo una y otra vez que le regresara su bolsa, que era suya.

Al mirar esos enormes ojos color verde gris, pude ver que, por esas enormes ventanas, más allá de toda aquella suciedad, había un hondo precipicio lleno de escombros enmarañados y revueltos, como un puñado de cristales rotos que con sus filosos bordes le cortaban el alma...

Mi pecho se oprimió sofocándome. Traté de darle mi mano, pero solo encontré un rechazo y súbitamente de un salto, se puso de pie y emprendió su carrera, perdiéndose entre las callejuelas del lugar. Por un momento tuve la intención de ir tras él. Quería ver a donde iba, saber más de ese ser tan extraño, caminé unos pasos trastabillando por lo disparejo de la calle y allí tirada en el suelo vi lo que los muchachos vagos, se tiraban uno al otro. Lo recogí con cautela y comprobé que efectivamente era una pequeña bolsa negra con un cordón que supuse sería para colgarse al cuello, al tocarla pensé que sería de piel por su aspecto liso y un tanto brillante.

...¿Piel?, no, no era de piel, más bien era de una tela gruesa... ¡Terciopelo! Si, era de terciopelo. Lo que pasaba era que quizás "El Loco" la traía en el cuello tanto tiempo que tomó un aspecto liso y hasta brillante que parecía de piel.

Con cuidado la abrí y examiné lo que traía dentro. ¿Pelo?... Si, era un pequeño mechón de pelo, y un pequeño trozo de tela ¿Café o Gris?, quizá era blanca y tenía unas letras dentro de un corazón; Lina y Marcos. Rápidamente guardé la bolsita y miré a lo lejos, quizá podría alcanzarlo.

—Déjelo ir, ¿No ve que está loco?

Una dulce voz a mis espaldas me hizo voltear. Era una mujer de estatura mediana con la cabeza cubierta con un rebozo azul grisáceo, de tez morena clara y unos pequeños ojos cafés.

Traía unas sandalias de cuero muy bien atadas a sus pies, su vestido casi largo con diminutas flores de color azul marino se movía con la tenue brisa. Noté que me miraba con dulzura, pero determinación.

—Me llamo Margarita. —Dijo la anciana. Ese hombre, "El Loco" fue cómo mi hijo.— Dijo con voz cortada.

Pude ver cómo trató de esconder una lágrima inclinando un poco su cabeza. —Desgraciadamente ya no me reconoce, a veces lo persigo y le ofrezco algo de comida, aunque ya no reacciona, más parece un animalito. Su única alegría es mirar y acariciar su bolsa y bailar hasta caer exhausto.

Mi curiosidad crecía a tal grado que le ofrecí mi mano a Margarita, como gesto de mi amistad. Eso fue lo único que se me ocurrió y con mucho tacto la invité para que me acompañara a cenar en una humilde fonda cercana. Y afortunadamente ella aceptó.

—Yo vivo cerca de aquí, en mi carreta hago como una hora de camino, pero en carro motorizado en 15 o veinte minutos se llega.

Un hijo mío y yo vivimos en un pequeño rancho, que prácticamente heredamos de mi Amita que murió hace algunos años. Mi hijo Cosme y yo, nos hicimos cargo de la propiedad al faltar mi patrona. De hecho, ese hombre que usted acaba de ver es el verdadero dueño de "El Jazmín", así se llama el pequeño Rancho —Me dijo la mujer.

—¿Y usted? ¿Quién es? y ¿Qué anda haciendo por estos lugares? Me llamó mucho la atención porque la gente de aquí, ya no se le hace raro el argüende que los vagos de aquí hacen cuando ven a Marcos bailando y cantando. —¿Sabe una cosa? Mi Marcos sabía tocar la guitarra y cantaba precioso, pero ahora... ya ve usted. Fíjese que hace muy poco que lo encontré, no dura mucho en el mismo lugar. Es una de vagar y vagar por los campos y entre las Haciendas, ve usted cómo está ya el puro hueso —me dijo ella.

Le dije que mi nombre era MaJu, y solo estaba de paso conociendo lugares pequeños que por supuesto, no fueran caros como eran ya los tiempos, ahora todo eran hoteles carísimos que por supuesto estaban fuera de mi presupuesto. Por esa razón decidí mejor visitar los lugares modestos pero limpios en donde pudiera conocer a mi gente, y las costumbres de diferentes Estados de mi país.

Le conté también... Que por azares del destino me

ausenté y ahora estaba de regreso solo siguiéndole la corriente a la vida para ver a dónde me conducía.

—Marcos. —Me dijo Margarita. Por estas fechas, está cumpliendo unos 44 años, aunque parece mucho más viejo, quizá por su condición, qué aquí entre nosotros, es una herencia de familia.

— ¿Herencia? —Contesté asombrada.

— Sí, su pobre padre que fue el esposo de mi amiga y patrona Petra, también perdió la razón. Fue por un doloroso suceso... pasó hace muchos, muchos años... aunque eso, Marcos nunca lo supo. Su madre, mi patrona, jamás le dijo. Marcos solo supo que su padre murió en un accidente. Que viajaban él, sus abuelos y las dos niñas y todos murieron al volcarse en la carretera. Aunque la verdad fue mucho más terrible y muy triste, si usted quisiera podría ir a mi casa y le prometo contarle como fue todo.

Terminó la cena, nos despedimos no sin antes prometernos continuar con la conversación unos días después. Me dio la dirección de El Jazmín, el rancho del que me había hablado.

Me regresé a la casa de huéspedes y esa noche apenas pude conciliar el sueño, no supe a qué hora me dormí y solo para sufrir algunas raras pesadillas.

En la mañana, casi salté de la cama, todos los recuerdos de la noche anterior revivieron. Yo tenía que regresar a esas calles, tenía que convencerme de que no había soñado todo lo del día anterior. Además, quizás... y solo era una esperanza, estaba casi segura que si trataba de mostrarle la bolsa que encontré esa noche, quizás y solo eran suposiciones mías, ¿La reconocería?

o ¿Qué pasaría?

Me decidí, tenía que correr el riesgo, después de tomar un baño rápido fui a tomar un café y un poco de pan casero para salir de nuevo.

Si, iría expresamente a buscar a Marcos "El Loco". Era posible que si veía la bolsita podría reconocerla... en efecto regresé solo para vivir nuevamente aquel triste y grotesco drama... ahí con pies descalzos, ojos desorbitados, boca desdentada gritaba "El Loco", solo que esta vez no bailaba. Solo gritaba y vociferaba palabras extrañas, luego se ponía de pie y buscaba entre su ropa negra de mugre.

Me acerqué un poco a donde estaba y traté de llamar su atención. Saqué la bolsita y moviéndola cerca de su cara le hablé;

—Marcos, mira tu bolsita. —Tardó unos minutos en que su errante mirada se detuviera en la bolsa. Me aterró cuando dio un grito tan fuerte, luego saltó arrebatándome el colgante al tiempo que corría perdiéndose de nuevo sin dejar rastro.

Al día siguiente, salí de nuevo por las calles que en ratos eran calle y otras parecía simplemente campo abierto. A lo lejos, sentado en una enorme piedra estaba Marcos. Algunos transeúntes le sacaban la vuelta con miedo, otros reían con indiferencia y los más jóvenes le hacían rueda por momentos pidiéndole que cantara y bailara, para luego seguir su camino. De pronto brincaba y cantando con su voz destemplada, comenzaba su danza.

Cuando se cansaba, decía incoherencias o simplemente gritaba lo que parecían nombres o quizás acontecimientos que solo su mente enferma podía retra-
tar.

Me llamó mucho la atención cuando bajaba mucho la voz y en murmullos apenas audibles repetía... ¿Lina? ¿Era Lina? Lo que decía... ¿Y si decía Lina? Justo el nombre que vi en el pedazo de tela o paño. ¿Quién sería Lina? Luego gritaba el mismo nombre para después desplomarse riendo con una risa totalmente idiota, comenzando nuevamente su baile.

Baila El Loco

El Rancho El Jazmín

Baila El Loco

Temprano por la mañana, salí buscando a alguien que tuviera un medio de transporte para ir en busca de Margarita. ¿Después de todo qué más podría hacer en esos lugares? y ¿Por qué no visitarla en su lugar? Después de todo, no conocía a nadie en el poblado.

Al parecer toda la zona era más bien lugar de labranza, sembradíos de latifundistas en donde se siembra caña de azúcar, tabaco, plátano y otros plantíos que dan un aire de vida y mucha riqueza a esos parajes en donde aún se siente un aire de melancolía por las viejas haciendas que mal que bien algunas siguen en pie con gran señorío y majestuosidad.

El viaje no duró más de veinte minutos. El rancho estaba muy cerca de La Esperanza, una de las haciendas más grandes y con reminiscencias de un pasado glorioso.

Me recibió Cosme, un hombre de mediana estatura, de piel morena curtida por el sol y el duro trabajo que se denotaba en la prosperidad del pequeño, pero bien cuidado Rancho El Jazmín. Me saludó con amabilidad y me dijo:

—Usted debe ser MaJu, ¿No es verdad?, mi madre me ha contado de usted, por favor pasé, mi madre está adentro. —Sin más lo seguí.

La casita era un sueño... aunque era totalmente de madera las paredes estaban totalmente cubiertas con barro de color rojizo marrón, con amplios ventanales y una cocina enorme con su fogón, su comal que a leguas se veía que se usaba a diario.

Margarita se encontraba sentada frente al fogón con un jarro de café. Al momento que me vio entrar, con un poco de dificultad se incorporó y con una sonrisa me invitó a pasar.

—Por favor pase, está usted en su casa, le serviré una taza de café, mire usted, este café, lo cultivamos mi hijo y yo. Son de unas semillas que me dejó mi patrona Petra, ella no alcanzó a ver las plantas, como verá ella no pudo resistir más la pena cuando Marcos decidió irse a buscar a su novia y jamás regresó. Yo en su lecho de muerte le prometí jamás dejar de buscar a Marcos hasta encontrarlo y creo que le cumplí, aunque quizá sea mejor que no supiera lo qué pasó. Mire usted, está señorita es María Luisa, es la prometida de mi Cosme. Ella es huérfana, Es hija de una comadre mía, imagínense que mi comadre me la mandó desde San Luis Potosí con solo una carta, es mi ahijada yo la llevé a bautizar. Yo quedé viuda a los 18 años. Mi marido también trabajó en las minas de San Pedro. Estábamos recién casados cuando hubo un derrumbe y él fue uno de los fallecidos. Afortunadamente los padres de mi patrona Petra me acogieron como si fuera de la familia, yo quedé preñada y mi Cosme nunca conoció a su hijo, por eso le puse igual. Don Abelino y Doña Rufina me lo llevaron a bautizar. Ya después, cuando sucedió la tragedia en San Luis y mi amita quedó viuda, aunque su esposo estuviera en vida, era lo mismo. Ojalá tenga un día de fuerza para contarle cómo fueron los acontecimientos.

Yo, la verdad ni siquiera respiraba, no quería interrumpir a esa dulce mujer con su relato.

Lo que más me honraba era la confianza que estaba depositando en mí. Al mismo tiempo, yo sentía que ella tenía una gran necesidad de contarme. Era como si dentro de su pecho hubiera un cúmulo de anécdotas que no quería que quedaran en el olvido, o que por lo menos "Salieran" de ese lugar, en donde las atesoraba, por décadas. Primero por pedido de Petra, después por lealtad y prudencia.

Ahora, con su hijo hecho un solterón de cincuenta y cinco años, con su ahijada también llegando a los cincuenta, sentía que quizás ya no tendría más tiempo.

María Luisa me sirvió una taza de humeante café, que más que café, aquel brebaje parecía una tasa de delicia, era tan bueno, que me imaginé que con ese manjar podrían hacerse millonarios. Margarita me mostró el comal y un enorme molino de mano:

—Mire usted MaJu, aquí tostamos y molemos nuestro café. Saltó la pregunta de mi boca.

—¿Y no lo venden?

—No, no lo hemos hecho por respeto a mi amita Petra, en realidad a ella no le tocó probarlo, a ella le regalaron esas semillas y yo las sembré, pero tardaron mucho en dar cerezas. ¿Qué tendrían esas tierras que le dan a las semillas ese sabor?

Luego pensé que por algo eran tan codiciadas aquellas parcelas veracruzanas. Todo lo que se sembraba era un triunfo total; el café, el tabaco, la caña, el plátano etcétera, todo era fenomenal.

Ese día fue muy placentero para mí. María Luisa y Cosme me llevaron a conocer los parajes del rededor. Del río se desglosan algunos canales en varios afluentes que ellos llamaban los arroyos y servían para irrigar diferentes llanos y parcelas.

Todo era tan bonito, el acantilado y los grandes llanos, los plantíos de caña de azúcar y los extensos cafetales y hasta me mostraron la vieja guitarra de Marcos. Yo me sentía cada vez más intrigada y a la vez sentía como si estuviera adquiriendo un compromiso un tanto sagrado.

Cosme conducía una vieja carreta jalada por dos caballos.

—Mire usted MaJu, esta carreta fue la primera que compró mi Nina Petra, cuando llegamos a este lugar. Ahora la usamos para los mandados pero antes nomás teníamos esta y una mula, ya poco a poco ella se fue haciendo de más animales y ahora tenemos dos carretas más. La otra es la que usamos para las entregas.

Y sí que era cómoda la carreta de los mandados, según fueran los pasajeros. Ya le habían acondicionado dos asientos extras de manera que les servía como vehículo y también para llevarlos y traerlos del rancho y a los pueblos vecinos... era todo un lujo.

Entrada la tarde me dejaron en la posada, no sin antes prometer que regresaría a esa casa de nuevo. Ya le había dado mi palabra a Margarita por lo que la cumpliría.

El Destino Decide

Baila El Loco

Ya habían pasado cuatro días de mi visita a la casa de Margarita y Cosme, esa mañana me despertaron unos golpecitos en la puerta, era doña Elvira, la dueña de la posada.

—Disculpe que la moleste, es que allá afuera está don Cosme, el dueño del rancho El Jazmín, que necesita hablar con usted. Salí lo más rápido que pude, pensé que quizás doña Margarita habría enfermado o igual cualquier puño de ideas cruzaron por mi mente.

—Buenos días Cosme, diga usted, ¿En qué le puedo servir?, No. Afortunadamente no era nada grave. Lo que pasaba era que les extrañó mi incumplimiento por no haber ido al día siguiente como lo había prometido y era muy cierto.

Al parecer ellos estaban acostumbrados a respetar la palabra por más simple que la promesa fuera, ahí entendí que más que visitas, ya había hecho una especie de singular compromiso de amor hacia aquella solitaria anciana que, aunque tenía a su hijo y a su futura nuera, quizás encontró en mí algo que le dio la esperanza de un desahogo a su "Pesada carga" como ella le llamó posteriormente.

Me disculpé con Cosme, quedando en estar lista en una hora. Apenas tomé un baño y me vestí con ropa fresca, salí de la posada, era verano y en Veracruz hace un calor muy particular.

Cuando llegamos a la casa, me extrañó que no me invitara a pasar, Cosme soltó el aparejo de la carreta, y me pidió que lo acompañara.

—Mi madre ya la está esperando. —Me dijo Cosme. Luego me acompañó a las orillas del río en donde ya me esperaba Margarita. Al verme la mujer se puso de pie apoyándose en un firme trozo de madera que hacía las veces de bastón. Yo me sentí gustosa cuando vi que sus ojitos brillaron cuando me vio y sonrió, después de saludarme me dijo:

—Hágame el favor MaJu, venga por aquí.

—Le quiero mostrar un árbol que está acá. Mire; estos son los nombres de dos jóvenes enamorados que estuvieron acá hace más de veinte años.

...Efectivamente, ahí estaban, aunque el árbol ya había medio cubierto los ribetes de las letras se podía leer perfectamente los nombres; Lina y Marcos dentro de un corazón.

—Aquí conoció mi niño Marcos a la niña Lina. Pero también en este mismo lugar, murió mi amiga, mi hermana Petra. Ella escogió este paraje. Ella decía que sentía mucha paz, que si se quedaba quieta y callada, podía escuchar susurros de amor... también decía que los pájaros cantaban más tristes desde que los dos enamorados se perdieron.

—Yo me preguntaba ¿Qué clase de profundidad existió en ese amor, que puede conducir a la muerte o a la locura?

Dicen que los amores que dan momentos de tanta dicha, son inolvidables. Pero existen otros; los que muy pocos logran experimentar.

Con todo lo que me contó Margarita aquella mañana, tendría yo muchísimo que contarles a... ¡A ustedes!, ese día entendí que el destino decide ¿Cómo? ¿Cuándo? y ¿Dónde?

Hablamos por mucho tiempo hasta ya entrada la tarde, allí habíamos pasado todo el día, en unas horas llegaron María Luisa y Cosme con unas canastas repletas de unas delicias para el almuerzo. Así que los cuatro nos dispusimos a deleitarnos con los exquisitos guisos de María Luisa.

Ese día conocí la Hoja Santa en unos ricos tamales de costilla de cerdo, todo nuevo para mí, ese sabor anisado del acuyo, como lo llaman los Veracruzanos.

Esa noche empecé, primero con apuntes, luego como un diario, luego me di cuenta de que nada era casual, que si Margarita estaba haciendo ese esfuerzo para contarme precisamente a mí toda aquella historia, ¡Era por algo!

Creí que mi capacidad de entendimiento estaba siendo probada o tal vez me debería hacer "La Desentendida", hacer mis maletas y regresar a casa. Las ideas se me atropellaban y no se me ocurrió nada más que arrodillarme y rezar.

Aquella tarde, lloré sin saber por qué. Me sentí tan cobarde y a la vez tan conmovida con esta gente… con el tiempo he convertido la religión en mi propia creencia. En estos últimos treinta años, he construido dentro de mí, una especie de altar tan profundo y personal, en donde siento que siempre puedo encontrar a Dios.

De niña, mi educación fue de continuos actos de piedad. Mi vida transcurrió en un convento católico desde la edad de tres años, mi madre me tuvo que internar en un colegio católico y lo que más aprendí fue a rezar. Aunque al pasar de los años, aquellos rezos que recitaba a diario como si fueran gotas de lluvia dejaron de ser importantes. Hasta he llegado a pensar que los conquistadores nos catalogaban como seres tan inferiores y poco inteligentes, que nos impusieron letanías repetitivas porque dada nuestra "Incapacidad" de pensar, era lógico que sólo así nos amedrentaran.

Un día cambié las iglesias, por un apartado rincón de mi propia casa, los rezos y letanías, por frases y palabras salidas de mi alma. Y construí mi propio altar. Ahí todo es sagrado, intocable, inviolable. Es ahí en donde siento la presencia del mismo Dios, mi Dios personal.

Allí, de rodillas, pedí que iluminara mi entendimiento.

Allí, rogué para saber ¿Cuál era la intención de Margarita, y que quería de mí "El Loco"? ¿Quién lo tenía que saber? ¿Acaso era necesario sacar a la luz tanta desdicha? el ¿Por qué? Aún no lo comprendo, pero de lo que sí estaba segura, era que esos gritos que lanza el hombre en su locura, ese llanto que estremece los corazones sensibles buscaba tener un eco.

...Cuando lo vi por primera vez, me pareció un pájaro con las alas rotas, golpeado y hambriento que a gritos pide clemencia, consuelo, ayuda.

...Lo que sí entiendo es que el ser humano tiene la obligación de ser la voz del que no habla, un deber que radica en el corazón y olvidándose de la razón y los formalismos tiene que actuar con el alma, de decirle a los demás, que no podemos juzgar a un loco. Que a veces somos marionetas del destino sin poder cumplir nuestros sueños, ni siquiera controlar el presente mucho
menos el futuro.

No debemos creer siquiera; la utopía de que somos "Los dueños de nuestro destino". Y mucho menos como dicen algunos; "Que somos los arquitectos"... ¡Falso!

Más bien creo que sí tenemos la opción de decidir; si nos echamos a llorar diciendo "Hay, pobrecito ¿Qué le habrá pasado?" por lo que le sucede al prójimo en cosas irremediables... o en este caso ser el eco de los gritos de Marcos.

Esa noche como ya antes me había pasado, no pude conciliar el sueño. Entonces comencé un borrador:

Veamos:

El 16 de octubre de 1898, nació Margarita de Jesús Martínez Ruiz, en el barrio de Santiago, San Luis Potosí. Sus padres fueron doña Asunción Ruiz y don Jesús Martínez. Don Jesús trabajaba como jornalero en diferentes haciendas, no contaban con tierras de cultivo ni propiedades. La madre de él les dejó al morir un pequeño jacal que Jesús con mucho esfuerzo fue mejorando hasta convertirse en una vivienda pobre pero digna.

Cuando se casó Asunción Ruiz con don Jesús, ella a su vez también recibió una dote que constaba en dos costales de maíz, uno de frijol, tres gallinas ponedoras y una cabra preñada que luego de parir, aumentó su ínfimo patrimonio y aunque ellos siempre se sintieron agradecidos con sus padres por semejantes herencias, dada la situación de la brecha que se hacía cada vez más evidente en donde los pobres cada vez eran más pobres, a diferencia de los ricos que con la benevolencia y ayuda del gobierno, cada vez eran más y más ricos.

Aunque Doña Asunción se las ingeniaba para cuidar de sus animalitos, su casa y a Margarita su hijita.

Asunción consiguió una pequeña entrada de dinero que obtenía al ayudar en la casa de Doña Prudencia Rodríguez de Rubio y el señor Marcos Rubio cada vez que venían de Guanajuato a pasar unos días en la pequeña finca que tenían ahí. Ella se encargaba de limpiar la casa, hacer compras para la despensa y así tener el lugar limpio y preparado para cuando ellos llegaban. Esto lo hacía desde que el niño Marcos era pequeño.

La hija de Asunción fue creciendo al amparo y cariño de sus padres. Siempre pobres, pero muy felices. Margarita con muchos trabajos convenció a su papá de que la dejara asistir a la escuela, aunque fuera como oyente:

—¿Cuándo se ha visto que las mujeres anden en esos menesteres? —Decía su padre. Asunción con tacto y cariño, lo fue convenciendo.

—No seas tan gruñón Chuy, ahora son otros tiempos, muchas mujeres aprenden, así pueden ayudar mejor a sus maridos cuando se casan... no que yo ni leer sé.

Y así a duro y dale... ¡Lo persuadió! Margarita asistió a una pequeña escuela rural y terminó el segundo año de primaria a la edad de catorce años. Para estas fechas, Cosme García, un muchacho de escasos 18 años, ya le había echado el ojo a la muchacha proponiéndole que se "Jullera" (huyera) con él.

—Anímate… ya tengo segura mi chamba en la mina de San Pedro, me ofrecieron buena paga y pronto tendremos nuestra propia casita, luego venimos a pedirle perdón a tus papás. Si no te vas conmigo, entonces me voy solito y pos' no te vuelvo a buscar, eso quiere decir que no me quieres ni tantito.

Margarita ya lo amaba. Sabía que Cosme era un hombre bueno que la quería de verdad, y no estaba dispuesta a perderlo, así que le dijo que sí, que regresara por ella y que fuera lo que Dios quisiera... por lo que hizo su itacate y huyó con el muchacho.

Cosme era un muchacho huérfano que al morir su madre había quedado al amparo de los Rubio. Doña Prudencia fue su madrina de presentación y don

Marcos de primera comunión, así que de alguna manera se sentían con una cierta obligación de velar por él y así lo hicieron, a Cosme no le gustó la escuela, siempre fue un muchacho dócil, muy acomedido y confiable que pronto entabló una buena relación con Marcos el hijo de sus padrinos.

Los años pasaron y cuando cumplió diecisiete años, le consiguieron un trabajo en una de las minas de San Pedro en el mismo Estado de San Luis Potosí, el lugar quedaba a unos 20 km. de San Luis por lo que el muchacho se tenía que quedar a dormir allá y como Marcos ya estaba trabajando en la mina fue más fácil para el acomodarse en el pueblo del Cerro de San Pedro, y allá se quedaban los dos muchachos en el campamento
minero.

A Marcos hijo por el contrario le interesó el estudio, terminó la primaria obteniendo su certificado de sexto y hasta fue dos años a la escuela secundaria.

Eso para un muchacho ya era un gran logro, por lo que las puertas del trabajo en las minas se le abrieron de par en par. No era común que los jóvenes de aquellos tiempos supieran leer, escribir y hacer cuentas, así que solo estuvo un tiempo en los trabajos de excavación y cargado, para luego pasar a tratar con los ingenieros siendo un intermediario entre los trabajadores y los de arriba, como les decían a los mejor preparados.

En 1913, Cosme y su mujer regresaron y con la ayuda de los padrinos, a pedir el perdón y la bendición de los padres de la muchacha. Margarita se casó con Cosme en San Luis, en donde asistieron sus padrinos y Marcos, los padres de la novia y algunos curiosos feligreses, la misa fue en el Santuario de Guadalupe. Fue una boda sencilla y muy modesta, los padres de Marcos organizaron una pequeña comida en honor de los ahora esposos.

La celebración duró solo unas horas, enseguida regresaron al pueblo Cerro de San Pedro, para seguir con su vida.

Todos los días salía Cosme a su trabajo. Era todo como Margarita lo esperaba, muy cumplido y trabajador, rápidamente se hizo el brazo derecho de Marcos Rubio, uno de los candidatos a capataz de la rica mina. La familia de Marcos Rubio aunque era proveniente de Guanajuato, solían pasar temporadas en la casa de San Luis Potosí, les gustaba pasar las fiestas patronales y también las patrias.

Las familias de los dos mineros habían entablado una buena amistad.

Cosme se consideraba un miembro más de la familia de los Rubio, pero su sueño siempre fue formar una familia propia, con los años iba dejando atrás los recuerdos de su orfandad, ahora tenía a Margarita, su trabajo, a su hermano Marcos y a los padres de éste que eran como unos segundos padres para él.

A Cosme algunas veces le asustaba la idea de que al casarse Marcos con Petra Altamirano, su amistad cambiara. Aunque quizás era bueno para él ya iniciar una familia y era que Petra no solo era hija única, sino que de gente diferente a ellos y hasta para Marcos, ya que la familia de Petra era gente buena, pero acomodada y hasta se decía que era de abolengo.

Los abuelos de Petra fueron gente venida de España por ahí en el inicio del año 1800. Se sabía que luego un hijo perdió la cabeza cuando conoció a Laila, una hermosa muchacha de la tribu de los Huchichiles, ella era hija de uno de los jefes de su tribu en el asentamiento del Estado.

Cuando la familia se enteró de los planes de su hijo de casarse con "La Nativa" como le decían a Laila, ellos lo amenazaron con desheredarlo, cosa que no tuvo impacto en la decisión del muchacho. Hicieron circo, maroma y teatro para hacerlo desistir de casarse con la hermosa nativa pero nada les funcionó. Aunque luego se toparon con los jefes de la tribu y ahí sí que más bien fueron favorecidos, porque ellos si eran los dueños de todo. Las tierras que ahora tienen los Altamirano fueron heredadas por Laila.

Se decía que los Guachichiles eran muy desconfiados y pocas veces estaban de acuerdo con los recién llegados, lo que más les enojaba, era que ni siquiera pedían permiso, solo marcaban sus propios linderos circulando grandes extensiones de tierra de labranza y simplemente decían; "Todo esto es del rey y nosotros somos sus representantes" cosa que no alcanzaban a entender del todo y pues para ser sinceros, ellos les fueron agarrando miedo, porque siempre llegaban bien armados.

A algunos jefes de los Huachichiles, también les benefició aquella unión, después de todo los blancos traían cosas nuevas e interesantes que a muchos les convenía. Por ambos lados resultaba beneficioso, después de todo cuando los miembros de la comunidad necesitaban arreglar algunos problemas se los resolvían con rapidez, porque la familia del novio se codeaba con gente muy allegada a don Porfirio Díaz y eso sí que contaba en esos tiempos.

Aunque al renunciar Don Porfirio Díaz el 25 de mayo de 1911 y ya muchos de los más cercanos a él, habían sido beneficiados con tierras, haciendas y unos pocos con grandes latifundios, los suegros de Rubio, no tenían grandes fortunas, pero bien acomodados, si estaban. Aun así, nunca se notó que fueran alzados, por el contrario, ahora sí que como dicen por ahí "La sangre siempre pesa más".

Los Rubio no se quedaban atrás, siempre tuvieron de donde echar mano, solo que el Marquitos salió muy alebrestado. Le gustaba trabajar. Él decía que "Un verdadero hombre, no tenía que esperar a que sus padres lo mantuvieran" y aunque sus papás siempre le ofrecieron su ayuda él no la aceptaba y no era orgullo, más bien era mucha dignidad. Además, Marcos jamás hizo diferencia en su amistad con los mineros por más humilde que fuera su desempeño.

Margarita era muy feliz con Cosme, cuando se casó con él, su amistad se afianzó mucho más con Marcos. Además, contaba con el cariño y el amparo de los futuros suegros de él, por lo que su amistad con

Petra era más que obvia. Más que una empleada que ayudaba en los quehaceres domésticos llegó a ser como una hermana para Petra.

Cuando Petra preparaba su ajuar, Margarita fue indispensable para todo y aunque Petra tenía buenas amigas, Margarita estaba siempre presente como parte de la familia.

Fue un fatídico día 5 de marzo que vinieron a avisar que había sucedido un derrumbe en las nuevas excavaciones de la mina y algunos mineros quedaron atrapados. Cuando Margarita se enteró, el corazón le quería estallar, rezaba con todas sus fuerzas para que su marido no fuera alguno de los heridos.

Marcos no regresó ni ese día ni los siguientes, él personalmente se encargaba de la búsqueda y el rescate de los mineros, él también rezaba, imploraba que su hermano no fuera uno de los muertos.

...Eso sin embargo no sucedió. El calvario para la pobre Margarita apenas comenzaba, fueron días de agonía sin saber si Cosme era uno de los afectados.

El 11 del mismo mes le entregaron el cuerpo de su querido Cosme a Margarita… Petra nunca se separó de su hermana, consolándola y dándole ánimo, aunque a la pobre mujer, nada parecía consolarla.

Baila El Loco

Vida, Vida, Vida Nueva

Baila El Loco

Así fueron pasando los días y los meses, hasta un 14 de septiembre en que llegó al mundo su pequeño Cosme, eso le dio una nueva esperanza a Margarita. Aunque su padre no lo conoció, para ella fue como una señal de amor que le dejara su amado esposo. Margarita ya no regresó a su casita, se dedicó en cuerpo y alma a toda la familia de Petra y a cuidar a su crío que creció bajo el amparo de todos, especialmente de los padres de Petra.

La vida siguió su curso y pronto llegó la esperada fecha para el casorio de Petra. Los jefes de Marcos eran en su mayoría extranjeros pero el aprecio que sentían por Rubio, era notorio, aparte de su ascenso en la mina, al enterarse de su próxima boda, se ofrecieron como padrinos, de tal forma que al estar ligadas las grandes finanzas mineras con el clero, tenían una alta y poderosa vara entre el Obispado, así que pusieron la Catedral Metropolitana a su disposición para la ceremonia religiosa.

El siete de mayo de 1923, se llevó a cabo el enlace entre Marcos Rubio Fernández y Petra Altamirano Casas, los festejos si fueron en grande, los mineros no podían faltar, fue un día de fiesta para todos en general, Marcos era muy respetado y apreciado por todos.

Los novios fueron en su viaje de bodas a conocer Guanajuato que era la tierra de la familia de Marcos y uno que otro pariente lejano, pasearon en tren, y fueron a conocer Oaxaca, fueron los días más felices para ambos, solo que la dicha y la aventura terminaron demasiado pronto. Marcos ya era importante y casi indispensable, por lo que tenía que reanudar su trabajo en las minas.

Fue un doce de mayo de 1925, que llegó la tan anhelada bendición. Un hijo varón le nació a Petra al que naturalmente bautizaron con el nombre de Marcos, como era la costumbre. El primer hijo varón casi siempre se llama como su padre para perpetuar el nombre y el apellido. El dulce regocijo fue generalizado.

Y aunque a don Abelino Altamirano no se le veía muy complacido por que no quisieron incluir su nombre al de su nieto, su esposa, doña Petra María Casas de Altamirano lo calmó y le hizo entender que eran tiempos modernos y ya no siempre ponían los nombres de los abuelos maternos.

El muchachito era un pequeño adonis. Tenía finos rasgos y unos enormes ojos verde gris con tonos azulosos fue un niño muy sano y fuerte que fue creciendo con el benévolo de toda la familia.

En el pueblo de Cerro de San Pedro, en realidad no había escuelas pero don Abelino y Petra tenían una estrecha amistad con damas y caballeros en su mayoría venidos de España, Francia y Norteamérica, eran familias de los ejecutivos encargados de los controles de las minas, por lo que ellos sí contaban con maestros e institutrices para los que tenían hijos pequeños, por lo que doña Petra abuela de Marcos llevaba a su nieto todos los días como oyente a dichas clases, así de paso charlaba con las señoras y siempre estaba muy bien enterada de la vida en otros países, sus costumbres y modas.

Cuando Marcos fue creciendo se interesaba más por tomar clases de música, baile y poesía que por la geografía y la gramática, aunque aprendió a leer, a escribir y un poco de aritmética su mundo era tocar la guitarra, cantar y bailar, su abuelo Avelino se las ingenió para conseguirle una pequeña guitarra que el muchacho no soltaba.

Cuando Marcos Rubio Altamirano tenía tres años, apareció de nuevo la cigüeña, pero esta vez cargando dos hermosas niñas. Fue un 15 de septiembre del año 1928, que Belén Margarita y Petra Matilde, llegaron al mundo. Su padre no cabía en sí de contento.

Las niñas eran perfectas con los mismos ojos que su hermano, aunque un poco más blancas lo que las hacía ver aún más frágiles pero muy bellas.

Marcos no dejaba de hablar de ellas con sus amigos y compañeros de la mina. Cuando salía del trabajo se le hacía eterno el regreso para estar con sus nenas, su salud llegó a desmejorar por las noches de desvelo para estar cerca de ellas.

Doña Petra llegó a comentar con su hija la extrema dedicación que les prodigaba a las niñas llegando a dejar de lado al pequeño Marcos.

El bautizo fue un acontecimiento muy sonado y todos se trasladaron a la capital de San Luis Potosí, en donde podían llegar sus parientes y amigos para el evento, Marcos se encargó de instruir a sus nuevos compadres en la tradición del "Bolo", esto era que al salir de la ceremonia los padrinos arrojaban hacia arriba un puñado de monedas que un puñado de chiquillos recogía con algarabía. Los padrinos fueron el ingeniero de minas Carlos Moran y su esposa Susan Shamp.

Aunque Petra de Rubio estaba muy complacida de los logros de su esposo y las amistades que cada vez eran más selectas, no se explicaba la razón de un desasosiego en su interior que le hacía latir su corazón en forma extraña.

La vida de su esposo parecía estar tan llena de todo, que algunas veces Petra no se explicaba ¿Cómo podía abarcar tanto?, estaba siempre al corriente de cada trabajador de la mina, en su casa era un padre amoroso y consentidor especialmente cuando se trataba de las niñas y no es que le molestara la dedicación y todo el interés que Marcos prodigaba a sus hijas 'Las Cuatas' como les decían, por el contrario. Aquello era algo más... algunas veces llegó a sentir que ella y el pequeño Marcos habían pasado a un último lugar...

Simultáneamente...

Una araña llamada tiempo y espacio, tejía, tejía y tejía.

No importa cuánta relevancia tenga un lugar, una familia o un apellido, el tiempo, el destino... ¿Dios? es el dueño de lo habido y lo por haber.

Si se pudiera observar con una lupa desde una distancia indefinida este lugar hubiera parecido como una colmena o quizá un hormiguero... el Estado de Veracruz parecía la gran puerta al nuevo mundo, una entrada al progreso y la aventura.

Una entrada libre a cientos o miles de buscadores de fortunas que llegaban de todos los confines del mundo.

1600, 1700 y 1800, dan fe de aquel bullicio en donde se mezclaban las ilusiones y las esperanzas de algunos con la codicia y la soberbia de otros. Simplemente fue la época en donde todos los aventureros con un buen fajo de astucia y otro de maldad, llegaron a apoderarse de todo cuanto hubiera en ese maravilloso Estado virginal.

Se descubrió la inagotable fuente de Petróleo, la sagrada tierra mexicana abría sus generosas manos para entregar a borbotones plata, oro, petróleo y toda clase de minerales.

Al mismo tiempo; café, el mejor tabaco de la más alta calidad, caña de azúcar y frutas tropicales que solo esa tierra podía regalar.

Pronto se descubriría que los habitantes del lugar, estaban parados sobre la más increíble fuente de ingresos mercantiles que jamás hubieran imaginado. Lo único que se necesitó fue un pueblo bueno, tranquilo e inocente y una pandilla de inescrupulosos y con tanta codicia y falta de moral, que sometiera a los dueños genuinos de todo para convertirlos en peones mal pagados.

...Extranjeros en su propia tierra, gente a la que con un puñado de espejitos y unos cuantos listones de colores iban cambiando su libertad hasta ser los asalariados que trabajaban de sol a sol por un puñado de maíz, frijol y sal... ah, eso sí, una gran promesa de un ilusorio cielo a donde irían sin dudarlo después de su muerte.

Así, se construyeron grandes haciendas con latifundios repletos de siembras de tabaco, de café y de todo lo que los ahora dueños de todo, dispusieron.

Don Hermenegildo Pérez del Valle fue un joven que nació en esas tierras tres generaciones después de que su padre y su abuelo llegaron desde España con la misma ilusión que todos en esa época; la de hacer fortuna. En un matrimonio arreglado se casó con doña Susana Fontana y Zaragoza. Los padres de doña Susana eran también terratenientes del Estado de Veracruz.

El petróleo estaba en auge, por lo que el Puerto había tomado una relevante importancia entre el comercio... bueno, en realidad ¿Por qué no llamarlo por su nombre? Veracruz en realidad era una de las puertas abiertas para el saqueo y la inmigración de miles de rapaces aventureros que con un poco de sagacidad se podían volver ricos de la noche a la mañana.

Doña Susana Fontana era una joven muy bonita, pero un tanto fría y ambiciosa, siempre soñó con casarse con alguien de su nivel y formar su propia familia y también su propia fortuna.

Fueron tiempos en que los hijos jugaron un papel muy beneficioso entre los pudientes para cerrar negocios, hacer sociedades o acrecentar fortunas. Muy acaudalados y vecinos de las haciendas de Los Molinos, cuando los abuelos de ambas familias iniciaron sus negocios, habían comenzado el negocio de los ingenios azucareros. Ya con el paso del tiempo fueron diversificando y ampliando sus horizontes, algunos tenían acciones en las nuevas compañías petroleras, otros como don Hermenegildo, se asociaron con algunos cubanos para los negocios del tabaco y también empezaron el negocio del café.

Al morir los padres de los nuevos esposos, las haciendas se fusionaron dando paso a la expansión de sus bienes. Dentro de la casa había una capilla en la que se oficiaba misa dos veces al mes y una vez al año, en los tiempos de cuaresma, el sacerdote de Perote venía a confesar a todos los trabajadores, también les daba sermones y los instruía en los deberes que como nuevos bautizados tenían que cumplir.

La casa principal constaba de dos pisos, en la planta baja estaban todas las habitaciones principales, la de don Hermenegildo y su esposa era una enorme recámara con patio privado, también estaban las de las tres hijas de ellos y algunos cuartos para las damas de compañía y la nodriza. En la misma planta, pero separado por un largo pasillo estaban también siete habitaciones que se usaban cuando tenían huéspedes o invitados.

La hacienda contaba con talleres de herrería y carpintería almacenes y trojes, había tres patios principales y una tienda para abastecer a todos los trabajadores, era común que a los peones y asalariados se le pagaba con cupones que luego cambiaban en la misma tienda de la hacienda, en la planta alta, pero del otro extremo también había un costurero y un dispensario, la pequeña escuela y muy amplias terrazas en los costados del edificio.

La casona también contaba con caballerizas, corrales para ganado vacuno, lanar, porcino y grandes trojes para alimentos del ganado.

Los Pérez Fontana, muy pronto adquirieron más propiedades en diferentes regiones del Estado de Veracruz, el negocio del tabaco estaba en auge, el café y la caña también dejaban buenos dividendos. Don Hermenegildo pronto necesitó de varios administradores, para poder hacerse cargo de todos los negocios.

La Esperanza…

La hacienda La Esperanza era un sueño para el joven empresario don Hermenegildo. Desde el día que la conoció nunca quitó sus ojos de esa propiedad hasta que la adquirió para regalársela a doña Susana en su primer aniversario de bodas. Pronto llegaron los hijos; llegó el primogénito, al que le enjaretaron los nombres de los dos abuelos Juan y Arnoldo, Juan Arnoldo Pérez Fontana, dos años más tarde nació la primera mujercita a la que también le tocó seguir con la tradición española, aquella de ponerle a los críos desde dos, tres y hasta doce nombres, más los apellidos, pero no. A ella solo la llamaron; Amalia Gertrudis, seguida de María Eugenia. Una preciosa y vivaz chiquilla que nació con el pelo rojo.

Luego la cigüeña tomó un largo descanso y cuando ya creían que era todo, llegó Lina Esperanza, que cuando nació todos llegaron a pensar que no se lograría era tan pequeñita y extremadamente flaca, blanca como los lirios y muy chillona.

Don Hermenegildo parecía sentir una preferencia con la pequeña, quiso ponerle Lina en honor a una de sus bisabuelas y desde que llegó a la casa se hicieron planes para su futuro.

Doña Susana le asignó como nodriza, a la mulata Jacinta.

Jacinta era ya de la tercera generación de los que anteriormente eran esclavos, familias que seguían en la hacienda, ella se casó con Tobías que murió de mal desconocido unos meses antes de que naciera su única hija. Los Pérez Fontana siempre fueron considerados con sus trabajadores y aunque había gran marginación, también eran compasivos, cuando Jacinta enviudó la ayudaron en todo, a las damas de compañía, las nanas de leche, las cocineras y los mandaderos de adentro, les asignaban una parte en la hacienda en donde vivían, de esa forma podían disponer las veinticuatro horas de sus servicios.

Isaura que había sido nana de leche de los otros tres, estaba vieja y cansada, por lo que le asignaron un jacal especial en donde pasar su vejez y siempre estaban al tanto de sus necesidades.

Ellos generalmente eran dueños sin serlo, de la servidumbre y aunque ya hacía algún tiempo les habían otorgado su libertad para que fueran libres de ir y venir, o trabajar en donde mejor les pareciera, ellos preferían quedarse allí.

Tanto Hermenegildo como Susana, habían heredado parte de los hijos de esclavos negros y ahora mulatos, que sus abuelos compraron en las subastas que hacía unos años eran tan comunes en el Puerto de Veracruz. Atracaban las goletas y barcos, y además de pasajeros y mercancías, también traían gente de la raza negra, para "Integrarlos" en los campos laborales.

Venían de todo, desde jovencitos fuertes y trabajador, hasta mujeres de mediana edad y jovencitas ávidas de encontrar una casa en donde poder refugiarse y así huir del hambre y la peste que asolaba toda Europa y África.

Jacinta fue la nana de leche de Mina. Cuando Lina llegó al mundo Cachita su hija ya tenía dos años, así que recibió a la delicada niña con mucho cariño y dulzura, la pequeña siempre fue su prioridad y aunque ayudaba en la cocina y atendía su propia hija, a Lina nunca la descuidaba. Ella la bañaba, la cambiaba y dormía. Su dedicación la hizo quererla como a su propia hija Cachita.

Las niñas, aunque totalmente diferentes en todo, siempre fueron compañeras de juegos y vivencias. Cachita aprendió a leer ayudada por la propia Lina que le enseñaba todo lo que sus maestros particulares le enseñaban a ella. El cariño y la hermandad de las dos niñas eran evidente, cosa que a Susana jamás le molestó, por el contrario, siempre se distinguió por ser una señora muy buena y creyente de que los seres humanos eran iguales ante Dios.

Y como la hacienda contaba con su propia escuela, era la Señorita Mariana la principal en todo. Aunque traían de vez en cuando maestros de otros pueblos, no duraban porque sus aspiraciones eran otras. Mariana era amiga y vecina de Los hacendados y para ella era un gran trabajo y ¿Por qué no? También otra buena entrada de dinero, el darles clases a los hijos de las familias adineradas.

Aquella noche la Hacienda San José del Cañaveral, que era la casa paterna y principal parecía un castillo de luces. Las grandes antorchas rodeaban todos los patios. Toda la entrada principal estaba adornada con maceteros de jazmines y pequeñas antorchas, el caminito empedrado que daba al gran zaguán de entrada lo habían tapizado con pétalos de crisantemos y otras diferentes flores.

Para todos era un gran día, Amalia Gertrudis regresaba de España en donde pasó varios años con parientes de Susana en donde prácticamente le dieron cursos intensivos de modales para prepararse... por supuesto para el matrimonio.

Cuando llegó no venía sola, llegaba acompañada por Don Miguel Vizcaíno de Albarrán. Se decía que él, como su familia eran parientes lejanos de la familia Aragón aunque al parecer por la extrema rebeldía de una de sus abuelas habían sido expulsados de la corte.

Aunque siempre fueron rumores que al parecer a nadie le importaba explorar, después de todo, su fortuna era más que suficiente para ser bien vista aquella relación.

Cuando llegaron los viajeros, la servidumbre no se daba abasto descargando los pesados baúles, hermosas cajas con sombreros y más equipajes de los ahora nuevos parientes, la visita y era bien sabido que solo venía a llenar las formalidades para la próxima unión de los novios, a exponer sus respectivas condiciones, dotes, y en fin a poner fecha para la ceremonia.

La hacienda San José como ya sabemos, contaba con una Capilla propia y aunque el sacerdote del poblado de Perote Veracruz venía dos veces al mes a oficiar misa y dar la comunión a los peones, ahora sería diferente tendría que ser una celebración muy especial.

Susana estaba muy emocionada y don Hermenegildo ni se diga, estaba seguro de que sus fortunas cada vez crecían como la espuma. Todos fueron directamente al fastuoso comedor, en donde ya los esperaba una espléndida cena. Luego todos fueron conducidos a sus aposentos para descansar de tan largo viaje.

En la intimidad de su habitación Don Hermenegildo y doña Susana, intercambiaron impresiones acerca de los recién llegados

—Por favor escúchame Hermés, yo estoy contenta con todo lo que está pasando, pero quiero que veas esta carta que me envió mi tía Augusta, después me das tu opinión.

La carta decía lo Siguiente:

A 18 de enero de 1932.

Querida mía, mi inolvidable sobrina nieta.

Te saludo con todo mi amor deseando que se encuentren bien en ese lugar que algunas veces se nos eriza la piel solo de oír los peligros y vicisitudes que estarán pasando. Te confieso que cuando me enteré de las intenciones de los Vizcaíno de partir a lo que acá seguimos llamando la Nueva España, me afané para pedir todos los informes que me fuera posible, si son de abolengo, no hay duda, si son pertenecientes a familias nobles, pero venidos a menos. Aunque si tienen dinero, es menester que sepas, que en cierta forma me avergüenzo, pero era muy importante para mí. He sabido que Miguel, tiene su fortuna invertida en intereses vinculados con una compañía británica que a su vez está tratando de unirse a los americanos, para hacer algo con respecto a unos rumores que corren sobre un hombre que quiere subir al poder, se llama

Lázaro Cárdenas. Que según se dice, no está conforme con los manejos de las compañías extranjeras.

Como tú entenderás, es muy delicado lo que te diré ya que, de cierta manera, Miguel pretende forjar lazos con gente nuestra ya establecida en México para así poder estar al tanto de los acontecimientos que se están gestando en ese lugar con respecto a las compañías petroleras de donde ellos son socios.

Haz de entender que si lo que se teme resulta ser verdad, todos saldrán perjudicados, pero en especial ellos que tienen todo invertido en esos negocios. A nuestro parecer, tu tío y yo opinamos que sería muy bueno que Hermés hablara con él y lo convenciera de verificar sus inversiones.

Por acá todos estamos bien, tu tío como siempre sufriendo de las reumas y se carga un genio de la cruz y el alma mía.

Por lo demás todo muy bien.

PD

Solo quisiera que observen sin decir nada y tengan mucho cuidado con el futuro yerno, no sea que se meta en problemas a un alto nivel.

Saludos a Hermés y besos a los niños.

Te quiere Tu Tía Augusta Fontana de Ávila.

—Entonces... ¿Qué opinas? Hermenegildo quedó un buen rato pensativo y por fin dijo:

—Pero ¿Crees que tu tía Augusta tenga razón?, porque en este caso, Miguel sería como una especie de espía, que quiere casarse con mi hija para establecer una plataforma de seguridad y así pasar información a sus socios ¿No lo crees así?

—Pues mira, si solo son habladurías y especulaciones sin bases sólidas, yo no le veo el caso a oponernos, además mi hija está enamorada.

Susana y Hermenegildo no comprendían del todo lo relacionado con el petróleo ya que sus abuelos y padres nunca quisieron entrar en esos negocios, ellos solo se dedicaron a la explotación de la tierra por medio de siembras y no entendían de nada más.

Los días siguientes fueron de mucha actividad. Amalia se preparaba para partir a su retiro, como lo llamaba ella.

El retiro consistía en que, al estar comprometida para casarse, la novia ya no podía permanecer en la misma casa que el novio. Además, tenía que confeccionar su ajuar.

El Ajuar

Este consistía en toda clase de ropa nueva para ella y para su casa, como sábanas, colchas, edredones, toallas y camisones. En caso que ella misma quisiera confeccionar su vestido de novia era aún más tiempo, por lo menos seis u ocho meses, por lo que cargaron las carretas o carruajes con todo lo necesario y partiendo a La Esperanza, la gran hacienda de su madre cerca de los acantilados en donde se quedaría con sus doncellas y más servidumbre para ayudarla en todo, también se iban con ella sus hermanas María Eugenia y la pequeña Lina de cinco años con Cachita y Jacinta, su nana de leche y madre de Cachita.

La Esperanza era una de las más grandes plantaciones tabacaleras de la región. La tierra de cultivo era una maravilla por lo que el negocio del tabaco estaba en auge.

Hermenegildo había comprado acciones para el negocio de Cigarros a unos emprendedores cubanos de apellido Balsa, los que levantaron rápidamente el negocio, después de todo si algo conocían ellos bien, era de sus puros estilo Habana, ellos habían fundado una enorme fábrica; La Prueba, las buenas lenguas decían, que llegaron a tener más de quinientos empleados y se llegaron a vender más de cincuenta mil puros al mes, eso sí que fue un buen negocio.

En la hacienda San José, se quedaron los padres de la novia, el novio y sus padres. Hermenegildo aprovechó para hacer una especie de sondeo al novio, sugiriendo que quizás fuera bueno que participara en parte de sus negocios y se retirara del negocio del petróleo o por lo menos pensara seriamente en invertir en tierras o plantíos, Miguel fue tajante:

—Mi familia lleva muchos años y millones invertidos en el petróleo y no voy a considerar dejar lo que ha sido mi fuente de vida, por aventurar en ramas que no entiendo. —Le dijo.

—Bueno yerno, solo era una sugerencia.

Don Miguel Vizcaíno fue el menor de tres hermanos, su hermana mayor se casó con el Conde de

Valverde, un hombre un poco mayor que ella y rompió la relación familiar cuando los padres de su esposo le exigieron que escogiera entre pertenecer a la familia de ellos o seguir su vida anterior, por los rumores que corrían acerca de su familia, ella prefirió a su esposo.

Su otro hermano vivía, pero sufría una extraña afección, por lo que estaba confiando en su casa de Madrid atendido por los sirvientes.

Quizás por esa razón, sus padres volcaron toda su energía en sacarlo adelante, pero sobre todo lograr un buen matrimonio para él.

Amalia había cumplido dieciséis años y su sueño de ser la esposa de Miguel Vizcaíno estaba a la vuelta de la esquina. Ya de regreso en la hacienda con todo su ajuar terminado, nuevamente empezaban los corre corres para ultimar los detalles de la boda. El vestido era de organza en corte sirena con encajes en las caderas que la hacían ver más estilizada, el velo era una gran sevillana que la tía augusta mandó de España con una coronilla de azares blancos para el pelo.

La ceremonia se llevó a cabo sin contratiempos y los novios partieron a su luna de miel. Ese mismo día, Juan Arnoldo se embarcó hacia España para iniciar sus clases superiores. El chico estaba decidido a ser médico y para eso tenía que salir de la plantación y lo más sencillo para ellos era España y luego Inglaterra o Francia.

Hermenegildo enfocó su mirada en la joven María Eugenia que recién había cumplido doce años y le preocupaba su preparación cultural para un futuro espléndido como estaba seguro había conseguido Amalia.

Los padres de Miguel, decidieron permanecer unas semanas más en la hacienda de los consuegros, antes de regresar a Madrid por pedido de Susana y Hermés, para que recorrieran toda la plantación y conocieran más del Estado de Veracruz.

El tiempo corría y Lina se instruía con los maestros que todos los días llegaban a su casa, tomaba clases todo el día y en ocasiones le resultaban muy agotadoras. Pero su curiosidad era más fuerte que su cansancio y nunca claudicó cuando se proponía aprender algo.

La chiquilla tenía una avispada inteligencia y una forma muy clara de entender cualquier materia por más complicada que fuera.

Alimentaba un fuerte espíritu soñador y un amor por la naturaleza que a su vez la hacía amar todo su entorno.

—Maestra Mariana ¿Qué es el petróleo?

La señorita Mariana dudó por un momento en la respuesta, pero luego entendió que la niña era mucho más inteligente de lo que aparentaba y que tenía que explicarle con cierta claridad y con palabras que la niña pudiera entender.

—Buen Lina pon mucha atención; el petróleo está denominado en algunos documentos, como uno de los 'Jugos' subterráneos de la tierra, el otro es el agua potable.

—¿Entonces el petróleo lo sacan como el agua,

de posos?

—¡Exactamente! Solo que los pozos petroleros son diferentes a los pozos de agua y aunque los dos se extraen de debajo de la tierra no se encuentran juntos. Los mantos de petróleo están muy apartados de los mantos acuíferos.

Lina no se conformó con lo que le dijo ese día la señorita Mariana así que volvería a insistir posteriormente en el tema.

Al día siguiente le volvió a preguntar lo mismo, solo que esta vez la señorita Mariana estaba preparada.

Y de que forma.

—Presta mucha atención. —Le dijo. La tierra tiene muchos recursos tanto en la superficie, como en el subsuelo.

—¿Son como el mar, el cielo, el aire y el sol?

—Pues de alguna forma, si, solo que el aire y el sol no tienen dueños, nosotros creemos que son de Dios—,

—Pero ¿Qué no todo lo que existe es de Dios?

—Si, pero... cada nación tiene sus propias leyes.

—Mira; hace mucho, mucho tiempo, llegaron a esta tierra mexicana unos exploradores. Esas personas tenían la encomienda del rey de conquistar nuevos mundos, y así fue cómo estás tierras y todo lo que hay en ellas pasó a formar parte de la Corona Española. Aunque las personas que vivían aquí, sabían que todo era de sus dioses, había un representante de los dioses, que era el Tlatuani, ahora todo ha sido dividido. Aunque el petróleo ahora lo exploten diferentes compañías, que en realidad hoy por hoy son las dueñas de todo.

—Señorita Mariana, usted ¿No sabe porque los papás de Miguel decían que el petróleo ya era un riesgo y podían quedar en la ruina? ¿Acaso la ruina, es algo malo?

—Mira Lina... los adultos suelen hablar cosas que solo ellos entienden y los niños no tienen que tratar de entender sus razones, porque es muy complicado... ¿Comprendes?

—Está bien señorita, usted perdone.

Baila El Loco

Un Grito Desolador

Baila El Loco

En el poblado minero de San Pedro, todo se preparaba para celebrar el cumpleaños de "Las Cuatas". Belén y Matilde cumplían años justo el 15 de septiembre y para eso faltaban tres días.

Ese día por la mañana el pequeño Marcos amaneció ardiendo en fiebre, su abuela no se separaba de él y Margarita iba y venía con cataplasmas de hojas para tratar de bajarle la calentura al muchacho. El 14 de septiembre llovió todo el día y ya por la tarde cayó una tromba como si todos los cielos cayeran de un solo golpe.

Muy temprano en la mañana Marcos padre trajo al doctor de la mina para revisar a Marcos.

—¡Viruela! Dijo el Galeno, manténgalo aislado y apliquen paños de agua en su frente y estómago. Traten de mantener a las niñas separadas para evitar el contagio. En general, no hay nada de qué preocuparse, este jovencito es muy fuerte y sano, denle la medicina a sus horas y todo estará bien.

El doctor se despidió y Petra intercambió miradas con Marcos.

—Por nada se cancelará el paseo con las niñas y los abuelos, ya sabes que ellos no se pierden El Grito cada año, así que váyanse ustedes, cuídense mucho y diviértanse.

Petra decidió quedarse en casa para cuidar a su hijo, Margarita también se quedó en la casa para ayudar a Petra y prefirió que su hijo también se quedara y no tuvieran que preocuparse por el pequeño Cosme si se iba con ellos. Así que los abuelos, Marcos y las niñas se fueron a la celebración del Grito de Independencia que generalmente se daba en el balcón de la Plaza de San Luis Potosí.

Ese día sería una celebración muy especial, ya que era el 123 aniversario de la independencia mexicana y aunque el aguacero que caía no era motivo para cancelar dicha celebración, la verdad era que todo estaba medio inundado, ya que la noche anterior había caído una tromba.

La banda de viento tocaba con entusiasmo y aún con la lluvia habían instalado techos de lona para vender los antojitos y dulces mexicanos que era lo que las niñas más disfrutaban.

El 15 de septiembre de 1933, llegaron por la tarde a la plaza, ahí se reunieron los abuelos paternos de las niñas, a pesar de que no dejaba de llover, nada impediría los acontecimientos y todos felices se dispusieron a celebrar el cumpleaños de las pequeñas antes de la ceremonia del grito que sería a las once.

Faltando unos veinte minutos para las once algunos comenzaron a dar la voz de alerta, los gritos se oían por toda la Plaza de Armas.

—¡Corran, corran, se ha reventado la presa de San José! y si, en efecto, la tromba del día anterior había rebalsado los niveles de la gran presa San José, y aunque esto era común algunas veces había una represa La Constancia que era la encargada de contener el exceso de agua.

Desafortunadamente fue tanta la cantidad, que el muro de contención cedió a la presión disparándose una gigantesca ola que en cuestión de segundos arrasó con media ciudad, fue tan sorpresivo, que muy pocos pudie-

ron ponerse a salvo.

Inmediatamente el General Francisco Carrera Torres organizó patrullas con más de 200 soldados de caballería para auxiliar a las zonas más bajas. Los habitantes de Morales fueron de los primeros afectados al recibir la gigantesca ola, así mismo fue arrasando todo el caserío hecho de adobe y madera.

Los muertos se contaban por docenas, se movilizó todo el cuerpo de bomberos y la policía municipal.

Todos prestaban ayuda y apoyo, pero todo fue inútil.

La escena de la mañana del 16 era dantesca, fueron cientos los desaparecidos, solo en la plaza de armas en un principio eran incontables los muertos, aunque la corriente arrastró a los inocentes y tardaron varios días para encontrar más cuerpos sin señales de vida.

Ese mismo día contaron más de 170 cuerpos y la mayoría no fueron reclamados por ser familias completas.

El famoso y legendario teatro que estaba en la esquina de Darío de los Reyes y Damián Carmona fue arrasado desde sus cimientos, decían que no resistió por ser una construcción muy antigua.

Negra historia para un lindo Estado, un grito de júbilo e independencia se convirtió aquel fatídico día en un grito desolador.

Sentada en una silla muy cerca de la camita de Marcos, Petra se estremeció más de la cuenta con la caída de un rayo, Margarita también estaba despierta, pasando de las habitaciones de una en una como deseando que ya regresaran todos de la ceremonia del grito y la celebración del cumpleaños de "Las Cuatas".

—¿Cómo les estará yendo con este lloveral?

Pienso que ya sería hora de que hubieran regresado.

—¿No lo cree usted niña Petra?

—Si Margarita, pero es que tanta agua, los caminos se ponen difíciles. Ojalá y ya no tarden.

Unos golpes en la puerta despertaron súbitamente a Petra:

—¿Quién es Margarita?

—Es un trabajador de la mina, está preguntando por don Marcos.

Cuando Margarita entró a la habitación su rostro tenía el aspecto de alguien que había visto al mismísimo demonio.

—¿Qué pasa mujer? me asustas con esa cara ¡Contesta Margarita! ¿Qué está pasando? ¿Te dijeron algo?

—Si niña, dice el trabajador que se inundó parte de la entrada de la mina y que no saben qué hacer. Pero eso no es todo, también dice qué pasó algo terrible el

San Luis, venga por favor, será mejor que usted hable con él.

Señora Doña Petra, dice doña Margarita que el patrón Marcos se fue desde ayer al grito, y pos... dicen qué pasó una tragedia... "Quesque" se reventó la presa de San José y casi no quedó nadie vivo.

Petra tomó el primer reboso que encontró, se cubrió con un impermeable y gritándole a Margarita salió de la casa a toda prisa.

—¡Encárgate de los niños y cuida la casa espero no tardar!

Las calles de San Pedro parecían arroyos Petra trataba de correr, pero era inútil, calló varias veces entre el lodazal, las callejuelas estaban totalmente desiertas y muy oscuras quizá por la lluvia o tal vez porque era muy temprano. Clareaba el alba cuando por fin vio a lo lejos un vehículo parecido a de Marcos y el corazón le latió con fuerza. Pero no, no era el de Marcos. Le hizo señas hasta que logró que parara. Era don Nicanor un conocido de ahí mismo que le confirmó lo que el trabajador le había dicho a medias.

—Ay señora mejor regrésese a su casa. ¿Está don Marcos en su casa?

Petra ni siquiera podía hablar con claridad.

—Si necesita que la lleve a algún lugar, por favor súbase y yo la llevo.

—No don Nicanor, yo tengo que ir a San Luis, toda mi familia se fue desde ayer al grito de independencia y no he tenido noticias. Aún no regresan.

—No sé qué decirle doñita, aquello está muy feo, imagínese que dicen que se acabó toda la ciudad.

—Por favor, por caridad de Dios, yo le pago el viaje, pero lléveme se lo imploro.

—Mire. —le dijo don Nicanor. Súbase y déjeme ir a mi casa a avisarle a mi familia, porque han de estar con pendiente, es que me fui desde anoche a llevar unos animalitos, pero no me podía regresar porque los soldados del ejército del General Torres, cerraron los caminos para que no fuera a caer más gente. Y de ahí ya la llevo.

Petra trataba de conservar la ecuanimidad, pero temblaba como si se estuviera congelando por dentro. Emprendieron el camino a la capital casi en silencio. El camino parecía eterno. Por fin llegaron a una calle que estaba acordonada y resguardada por soldados.

—Señores no pueden pasar. Petra casi saltó del vehículo.

—Señor por favor ayúdenme mis padres, mi esposo y mis hijas están tardando, desde ayer se vinieron a la ceremonia del grito y no han regresado.

El soldado la miró y bajando la mirada solo movió su cabeza.

—Espérenme aquí, déjeme preguntarle a mi sargento qué podemos hacer.

El soldado regresó solo para decirles que la camioneta no podía pasar y que necesitaban un papel para seguir. Los llevó a una carpa improvisada para dar todos los datos de ella, domicilio y señas de los desaparecidos. En seguida les dijeron que regresaran otro día. Al regresar a la casa Margarita estaba desesperada.

—Dígame lo qué pasó, por el amor de Dios ¿Los encontraron?

Petra le dijo: —Amiga mía, tenemos que ser muy fuertes, se acaba de acabar el mundo en San Luis Potosí, es muy posible que nos hayamos quedado sin más familia y deseo con todas las fuerzas de mi alma que los encuentren, pero tenemos que prepararnos. Es muy probable que tus padres también hayan sufrido algún percance, porque el barrio en donde ellos viven fue arrasado.

Margarita se dobló por un momento, pero luego recobró una entereza que tenía que demostrar por los dos jovencitos que también estaban esperando saber algo.

Con el alma hecha trizas regresó el siguiente día y otro y otro más, pero siempre era lo mismo, no coincidían los datos con nadie; y es que muchísima gente simplemente desapareció entre tanto escombro, lodo y la fuerte corriente que había arrastrado todo a su paso.

Margarita por su parte, también fue a indagar, pero todo era inútil. Ya había pasado casi un mes de aquel fatídico día y no habían tenido noticias ni de sus padres ni de sus hijas y Marcos.

Los cuatro pasaban días y noches llorando en silencio, ya era inevitable ocultarles a Marcos y Cosme, la verdad.

Por las noches, las dos mujeres se arrodillaban y rezaban, imploraban pidiendo un milagro.

Pronto llegó la respuesta negativa a sus oraciones, un soldado llegó a la puerta pidiendo hablar con Petra, el oficial le pidió que le acompañara para llevarla hasta el hospital para reconocimiento de un enfermo.

Al reconocer a Marcos, Petra trató de abrazarlo, pero no encontró respuesta.

—¿Está segura que es él? —Le preguntaron a Petra.

Ella asintió con la cabeza, aunque el hombre parecía más un despojo que su Marcos, ella lo hubiera reconocido entre miles. Tenía la cara aún amoratada, una sutura en la frente que más parecía un muñeco de tela, con la mirada perdida. El hombre parecía no mirarla ni reconocerla, pero si, si era su marido.

—¿Qué es lo que tiene? —Preguntó. Acompáñeme. —Le dijo la enfermera. El doctor quiere hablar con usted.

—Es de los pocos que de milagro sobrevivieron a la calamidad. Aunque estuvo inconsciente por casi tres semanas. Su esposo sufrió muchísimos golpes en todo el cuerpo, aspiró lodo y además un colapso emocional muy fuerte. Según los datos que usted le proporcionó al ejército de salvamento su esposo estaba con más familia.

—Sí doctor, mis dos hijas, mis papás y también los padres de mi marido.

—Pues reciba usted nuestro más sentido pésame... tiene que ser muy fuerte señora, ya no hay más sobrevivientes en los hospitales y las personas que estaban en los albergues ya han sido identificadas, créame que todos estamos conmocionados por su pena.

Los primeros meses Petra trató por todos los medios de mantener a su esposo en su casa, desafortunadamente Marcos entraba en crisis un día sí, y otro también, por las noches no podían dormir porque su pobre esposo sufría fuertes ataques de lo que parecía pánico y sus gritos aterrorizaban a los dos niños, Petra le pidió a Margarita que por favor se fuera a su pequeña casa con el pequeño Marcos y su hijo Cosme.

Petra se multiplicaba para atender a su marido enfermo y cumplir con algunos de los negocios que su padre había dejado inconclusos sin nada ni buenos resultados, las finanzas bajaban cada vez más, ya sin saber qué hacer, fue a las oficinas mineras con la esperanza de obtener alguna ayuda y sí. Se le brindó una indemnización acorde a su nivel que fue un paliativo a su triste situación.

Desafortunadamente el estado de Marcos empeoró rápidamente y fue imposible mantenerlo en casa. Así que, con la ayuda de la compañía minera, las relaciones de su padre y partes médicas se decidió llevarlo a la capital de la república a un centro especializado en donde le brindarían toda la atención requerida.

Baila El Loco

La Castañeda un Infierno Oculto

Baila El Loco

Febrero de 1934.

—Mire señora Petra, aquí contamos hasta el momento con lo más avanzado de la ciencia para enfermedades mentales, tenemos especialistas ingleses, franceses y muchas eminencias psiquiátricas, de manera que, si su esposo no se alivia aquí, entonces es que ya no hay nada que hacer. Por otra parte, su marido llegó con óptimas recomendaciones, por lo que no será necesario la evaluación que se llevaría en el pabellón "B". Queremos que usted sepa que se le ha asignado uno de los mejores pabellones. De manera que no tiene de que preocuparse. Está en las mejores manos. Estará en el pabellón letra "A" valla tranquila, nosotros le avisaremos de los días que sea posible visitarlo, aunque por el momento será muy esporádico dada la gravedad de su caso. Buenas tardes...

No supo cómo salió de aquel edificio, de pronto se vio caminando por la gran acera aferrándose a la pared, tambaleando sentía como si las paredes trataran de aplastarla, por fin se sentó en quicio de la acera y dio rienda suelta a su llanto.

¿Cómo era posible que la vida se ensañara así con ella? o ¿Acaso era el destino? o ¿Qué demonios había hecho ella que no lo recordaba y ahora lo estaba pagando?

Antes de seguir reviviendo los momentos tan tristes de Petra, que parecía no tendrían fin, quiero detenerme para exponer una mancha oscura de mi país México, que con todo mi corazón quisiera que no hubiera existido.

Fue una especie de infierno en la tierra, si ya de por sí, la vida es azarosa y difícil, los seres que vivieron estos martirios, deben estar canonizados por el mismísimo Dios.

Fue en la época del "Porfiriato", la misma de Margarita, Petra, Marcos y todos nuestros amigos.

Para Don Porfirio Díaz, era un sueño que estaba tocando con sus manos hacer de nuestro país una réplica de cualquier país europeo. No sé si era megalomanía u obsesión, pero su vida y la de sus familiares, parientes y amigos cercanos tenía que ser eterno glamour.

1910-1968. Muchos autores han tocado este tema, y si no fuera porque nuestro Marcos estuvo ahí, quizás no tocaríamos también este punto.

Era inaudito para una ciudad en pleno desarrollo progresista no tener un hospital psiquiátrico como todas las metrópolis del viejo mundo. Para lo que según su gusto afrancesado hizo construir el hospital copiando el modelo del hospital psiquiátrico parisino Charenton. Para este proyecto, Don Porfirio pidió al empresario pulquero don Ignacio Torres Adalid, le cediera un extenso terreno en la zona de Mixcoac, para dicha construcción. El sueño del Presidente en realidad era para el estudio y desarrollo de la psiquiatría un pensamiento de primer mundo. Por lo que para este proyecto influyó de manera primaria el doctor Eduardo Liseaga, un precursor de la psiquiatría moderna en México, él pretendía concentrar a todos los pacientes que se encontraban recluidos en casas de asistencia social y a muchos otros que estaban internados en formas inadecuadas como los de los hospitales de San Hipólito y del Divino Salvador.

La construcción del edificio fue encargada al ingeniero Porfirio Díaz hijo quien contó con Luis León de la Barra para inspeccionar la obra diseñada por el también ingeniero militar Salvador Echegaray. La construcción se inició en el año de 1908 y cubriría una extensión de 141,662 metros cuadrados.

La Castañeda se inauguró y abrió sus puertas el día primero de septiembre de 1910, fue como parte de los festejos por el primer centenario de la Independencia de México, a la inauguración asistió el Presidente don Porfirio Díaz y la alta sociedad mexicana. Se decía "Que este lugar representaría una nueva era en el inicio de la atención de la locura en el país". Gozaba de una vasta extensión territorial, lo que permitía que el hospital psiquiátrico tuviera hasta veintitrés pabellones poblados por enfermos.

Lo que nadie sospechaba era que se estaban viviendo los últimos días de don Porfirio en el poder, por lo que el director no alcanzaría ver su sueño cumplido de tener uno de los mejores hospitales para la salud mental en América.

Poco antes de la Revolución, todo marchaba de acuerdo a los planes de don Porfirio Díaz, con capacidad para 1,200 internos el hospital inició albergando a una población de 779 pacientes y en su mayoría estos primeros internos, sufrían de epilepsia.

En esta primera etapa del funcionamiento del plantel, realmente se buscaba atender las necesidades de los pacientes con conciencia y ética moral, ya que además de darles asilo se les brindaba atención médica y psiquiátrica de primera calidad, ya que en su mayoría eran personas pobres o abandonadas por sus parientes y familias.

Sin embargo, esto muy pronto cambiaría con el derrocamiento de don Porfirio, este empezó a enfrentar profundas carencias económicas y de organización. Lo que fue el fin de la atención de los pacientes basada en la ciencia, convirtiéndose en la atención basada en la suposición y las malas prácticas médicas, por lo que pasó a ser una entidad más bien de asilo con los estragos de la Revolución.

Ahora los pacientes eran simplemente diagnosticados como alcohólicos o neuróticos, para lo que su estancia era de uno a cuatro meses.

Horror a la Carta

Se había perdido ya la dirección y el criterio que se usaba no correspondía a los sueños que algún día tuviera el hombre ahora más repudiado de estos tiempos. Los pacientes se comenzaron a clasificar en forma discriminatoria, se distribuían por clases tanto económicas como sociales, los veintitrés pabellones pasaron a ser más o menos de esta manera:

Pabellón A) Pacientes distinguidos. Aquí se alojaban pacientes de familias adineradas o con altas recomendaciones de personajes que aún seguían favoreciendo a la institución con grandes sumas de dinero y que no fueran remitidos por la policía clasificados de antemano como "Locos problemáticos".

Pabellón B) Aquí se asignaba a pacientes de primer ingreso, mientras se les diagnosticaba su problema mental y así se les asignaba un sitio correcto. Debo mencionar que los pacientes distinguidos no pisaban este lugar. Ellos eran remitidos inmediatamente a un pabellón particular en donde se les daba un trato preferencial.

Pabellón C) Está área estaba destinada a los pacientes peligrosos, agresivos y también a crimínales remitidos por las fuerzas del orden.

Pabellón D) Epilépticos.

Pabellón E) Imbéciles, o los que mostraban un retraso mental evidente.

Pabellón F) Aquí se remití a todos los pacientes a los que se les había comprobado una enfermedad infecciosa como; lepra, fiebre tifoidea, tuberculosis, o sífilis.

Algo que tiene que mencionarse es que de forma arbitraria todas las sexoservidoras que eran arrestadas, eran remitidas a este pabellón sin que se les hubiera comprobado que tuvieran alguna enfermedad infecciosa ni contagiosa.

Los resultados de estas clasificaciones se dispararon cuando el gobierno ordenó que se encerrara en La Castañeda a todos los crimínales peligrosos, a los indigentes, a los que no pudieran pagar servicios médicos o simplemente a los que no tuvieran vivienda, ya que estaría prohibido estar en las calles sin oficio comprobado. El caos y la desesperación hicieron que aquello se convirtiera en un pandemonio, solicitar un certificado médico con un diagnóstico de enfermedades mentales fue cosa del pasado, el nosocomio ya había alcanzado una cifra de casi 4,000 internos cuando su

capacidad inicial era de 1,200 pacientes.

Aquel inmueble con lujosas duelas que un día tuvo un aspecto elegante, ahora solo provocaba repugnancia. Ahora estaba totalmente derruida con mordeduras de ratas, un fétido olor a orina y sudor.

La atención médica empezó a escasear. Los fines de semana un solo psiquiatra era el responsable de más de tres mil pacientes que si no llegaban locos, muy pronto terminaban locos o muertos por las trifulcas y riñas entre reos, enfermos y prostitutas, todos los días resultaban muertos por enfermedades gástricas, infecciones o simplemente se mataban entre ellos.

La sobresaturación se debía a que más se la mitad de los pacientes recluidos, no tenían que estar ahí, pero al ser abandonados por sus familias era orden del gobierno llevarlos a la institución más amplia con la que contaba el Estado.

Según la historiadora Cristina Sacristán, en una de sus crónicas dijo textualmente: "La Castañeda no es más que un mal sueño, y una mancha negra en la historia de la psiquiatría mexicana".

La negligencia médica, la falta de sanidad y la tortura fueron clave para convertir una institución benéfica en un infierno.

Era un secreto a voces, de todos sabido, que los métodos usados eran bastante cuestionables, se sabía también que, en el pabellón de los imbéciles, eran usados sádicamente métodos de tortura especialmente porque estos pacientes jamás se podían defender.

Métodos como los electroshocks llegaban a dejar a los pacientes por días y hasta semanas inconscientes, muchas veces terminando en una muerte inminente. Cuando se consideraba que un paciente tenía un comportamiento inapropiado lo bañaban con agua helada o lo encerraban en celdas de metro y medio cuadrado entre ratas, mojándolos esporádicamente para "Hacerlos reaccionar" y aunque estos abusos salían a la luz y fuera del plantel muchos sabían, simplemente se encogían de hombros, o lo calificaban como el palacio de la tortura y muchas personas lo describían como "Las puertas del infierno"

Toda clase de crímenes, violaciones y robos, se cometieron en ese lugar. Quizá sea por eso que México y los mexicanos tratan de sepultar ese negro y vergonzoso episodio de la historia moderna. Pero quizás las almas en pena no olviden su angustia y dolor más allá de la muerte.

El Profesor e Investigador Alberto Carbajal, en una de sus investigaciones mencionó entre muchas cosas, curiosos casos como por ejemplo el de Enrique. Él fue remitido a La Castañeda desde el Barrio de Tepito, porque molestaba al vecindario por su persistencia a cantar o el de Petra Samuel, una joven mujer de Oaxaca, que vivía en Tehuantepec y la echaron de su casa porque la descubrieron que a los dieciséis años ya tenía un novio y al no tener en donde vivir la ingresaron a La Castañeda.

La Destrucción de un Cadalso

En los inicios de la década de 1960, La Castañeda contaba con pésima reputación en todo el país. Algunos periodistas de la época que lograron entrar describen el lugar con asco y horror.

El artista José Luis Cuevas una vez dibujó a los pacientes recibiendo descargas eléctricas y comentó que estas eran tan fuertes que los llegó a dejar en estado de coma.

En los archivos históricos de la Secretaría de Salud, se encuentra documentado que La Castañeda albergó en sus instalaciones a más de 61,480 pacientes en los 58 años de su existencia. Ya para 1965 todo un país sabía de las atrocidades que se habían cometido por lo que se planeó "La operación Castañeda" está consistía en demoler el edificio y trasladar a los pacientes a diferentes hospitales.

Fue hasta el 27 de junio de 1968, unas semanas antes de la inauguración de Los Juegos Olímpicos, cuando la histórica puerta del infierno concluyó su existencia. Fue el señor Presidente Gustavo Días Ordaz quien consumó "La operación Castañeda".

Para tener una idea de la dimensión de esta condenada, les diré que tan solo en ese predial, hoy por hoy, se encuentran:

- Una sucursal de Walmart.
- Un centro deportivo.
- Una zona habitacional Unidad Platero.

- Las Torres de Mixcoac, de donde aún hoy, se han
recopilado informes de que muy seguido se escuchan gritos desesperados y se oyen tristes lamentos.
- Una escuela de nivel básico.
- La Escuela Preparatoria Número 8.

Un dato interesante y a su vez raro, es que la fachada en su totalidad del edificio La Castañeda, fue adquirida por don Arturo Quintana Rioja, quien intacta la trasladó a un terreno de su propiedad en Ameca, Ameca. La cual fue llevada piedra por piedra para posteriormente ser donada a los Legionarios de Cristo en el mismo Estado de México.

Baila El Loco

Petra y Margarita

Baila El Loco

—¿Qué te dice tu primo en la carta? —Le preguntó Margarita a Petra.

Había llegado una carta desde el Puerto de Veracruz, su tío Juan Altamirano, había muerto hacia unos meses. Su primo le contaba lo Siguiente:

Veracruz, Veracruz.
A 14 de octubre de 1937.

Querida Prima, tal vez te parezca extraño que te escriba esta carta, pero es que hasta acá me han llegado las terribles noticias de todos los acontecimientos de estos últimos años.

No me quiero ni imaginar la pena que has tenido que pasar y te cuento que nosotros acá no hemos corrido con mejor suerte.

Hace unos meses hubo una explosión en un pozo de los nuevos y dos de mis hijos fallecieron. Mi mujer hace una semana también falleció de la pena.

Aparte de saludarte y saber cómo se encuentran, te quiero decir algo. Hace unos años yo le compré a mi padre unas tierras con su ranchito, para que pasara sus días en paz, él estuvo todo este tiempo muy feliz ahí, desafortunadamente hace unos meses él también falleció, ahora prácticamente todo eso quedó abandonado.

Es un lugar pequeño pero muy bello, está rodeado de grandes haciendas tabacaleras y zonas de café y caña. Yo pensé en ti y tu hijo Marcos. Si tú quisieras podríamos llegar a un acuerdo. No me tienes que pagar mucho y es más, si no tienes dinero no me pagues nada, lo que si me importaría es que esa propiedad se quedara en manos de la familia, con una pequeña cantidad que me ayude un poco, sería suficiente. Lo que quisiera es que no se pierda. A mí ya tampoco me queda mucho tiempo, estoy enfermo y solo.

En fin, no quiero quejarme. He sido muy feliz. Espero tu respuesta.

Atentamente tu primo que te aprecia.

Juan Manuel Altamirano.

Petra se quedó un momento pensando y dijo:

—Margarita, yo creo que llegó nuestra salvación, solo un detalle, el problema es que no contamos con dinero y para esto tendríamos que hacer una mudanza con lo poco que queda y ¿No sé cuánto duraría el viaje? es hasta Veracruz ¿Puedes imaginar?

—Sí, sí puedo imaginar y me gustaría que lo pensaras. Quizá sería bueno cambiar de aires, aunque sería un viaje para ver cómo es ¿Verdad? Porque sería muy difícil si no es lo que esperas. —Margarita estaba dispuesta a apoyar incondicionalmente a su amiga, después de todo a esas alturas era la única familia que le quedaba.

—Señora. —Le dijo el galeno. Su esposo ha entrado en coma. Hemos agotado todos los recursos. Créame que ya no tenemos mucho qué hacer. Por otra parte, le queremos informar que, aunque estos cinco años no le habíamos molestado con una mensualidad era porque contábamos con grandes donaciones y las asignaciones del Estado. Desafortunadamente todo cambió con el nuevo gobierno y ya no podemos brindar-

le las mismas garantías de atención, si no se cubren los costos.

—¿Me podrían decir de cuánto estamos hablando?

El encargado le extendió un papel con la cantidad anotada. Petra sintió que se hundió en el asiento, pero no se amilanó.

—No hay ningún problema, permítame firmarle un pagaré y la próxima semana le traeré los honorarios.

—No hay necesidad señora Petra, confiamos en su palabra, solo que era nuestra obligación informarle.

Petra salió más afectada que en las ocasiones anteriores. Las cosas ya no iban bien en los negocios, definitivamente todo era muy difícil para las mujeres.

Su padre se había ido tan de repente, que no tuvo tiempo para aprender los manejos de las siembras y todo había mermado.

—No entiendo la razón por la que me están negando el derecho de verlo.

—Señora tiene que entender que está muy deteriorado su estado y no es recomendable que los familiares tengan acceso a las visitas. Esas fueron las palabras del encargado de la recepción del hospital.

Petra quiso hablar con el director del nosocomio, pero le dijeron que no era posible, salió ese día, pero no regreso a su pueblo. Buscó un hotel, mandó un telegrama a Margarita y regresó, al día siguiente y a otro día. Pasaron seis días y no le daban una respuesta satisfactoria.

—Señora Petra, la asistente del director quiere hablar con usted. Por fin al séptimo día de intentar, alguien le daría una explicación.

—Señora Petra, se le enviaron el mes pasado varios telegramas para informarle el deceso del señor Marcos, al no tener respuesta y pues como verá estamos tan ocupados por la sobrepoblación del hospital, que al no tener noticias suyas se incineraron los restos en horno común y todos contaron con una misa solemne y las cenizas se fueron directamente a los campos santos que otorga la iglesia para los cuerpos que no son reclamados, como el de su esposo, por supuesto que no tiene que pagar nada extra. Le damos nuestras más sinceras condolencias. Que tenga un buen día. Acto seguido se marchó cerrando la puerta tras de sí—.

—¿Era todo?— Petra tardó unos minutos en reponerse.

—Señora, señora... — Decía la otra mujer que con frialdad le indicó la puerta. —Hágame el favor. Y salió alejándose y dejándola perpleja y con más preguntas que certezas.

Ese día regresó a su pueblo con el alma helada. Eso pensaba, porque solo sentía ese enorme frío en su interior. No sabía si creía que era bueno que su amado Marcos hubiera dejado de sufrir, pero no sabía si su muerte había sido dolorosa, o en paz, quizá si tuviera una tumba como Cosme el esposo de Margarita, en donde llevar flores... pero no, ya no tenían nada. Ni ese consuelo.

La cabellera de Petra se había tornado blanca. No había perdido su belleza y señorío, pero no podía ocultar su tristeza. Ahora lucía marchita y parecía de más edad. Margarita se había convertido ya en una verdadera
hermana.

Las dos mujeres estaban en situación parecida. Sólo que Margarita simplemente de vez en vez podía llevar unas flores a la tumba de Cosme, pero ella, cada vez que visitaba a lo que quedaba de su esposo, sentía como que moría un poco.

Lo que la mantenía en pie era su pequeño Marcos. Era un jovencito muy hermoso. Era también un inmenso apoyo. Aunque le dedicaba tanto tiempo a la guitarra que en ocasiones tenía que llamarle la atención.

Y Cosme, él también era una luz entre tanta pena, ese niño parecía un remanso de paz, siempre con una tierna sonrisa, atento a cualquier necesidad de todos. Era como si hubiera tomado las riendas del hombre de la casa, ciertamente era un poco mayor que Marcos, pero era como si hubiera tomado el papel del hermano mayor con mucho cariño.

—Esta es la cantidad que le pueden dar por todas las propiedades señora Petra, entienda que a nadie le gusta tratar con mujeres y pues yo solo trato de ayudarla por mi gran amistad con sus padres que

Dios los tenga en su gloria, pero nadie tiene más para ofrecerle, de las casas de sus suegros, ya me informé también. Y pues... que le digo, de la de Guanajuato y de San Luis, ni hablar, los padres de don Marcos murieron intestados y para eso tendrían que iniciar un juicio —le dijo el Notario—. Además la verdad es que toda esa zona quedó destruida y ya ni se distinguen los lotes y de las casas no sé si se pudieran encontrar, eso sí se llevaría más tiempo todavía.

Petra y Margarita se miraron con desaliento pero no tenían muchas opciones y aceptaron el dinero que le ofrecieron.

Las dos mujeres sabían que era un robo a lo descarado, pero que más se podría hacer. Ahora lo único que querían era marcharse a un lugar, en el que Petra estaba poniendo toda su esperanza; el rancho que le ofrecía su primo.   Petra apuraba a Marcos y a Cosme porque ya estaba todo listo.

Con el dinero que había obtenido de la venta de las propiedades de sus padres y una miserable suma que también Margarita había obtenido por la casita que le construyó Marcos su marido, también por supuesto, lo que habían ahorrado por años, emprendieron su camino.

Habían comprado una carreta y unas bestias de carga en donde en silencio cargaron y con el corazón muy triste partieron los cuatro rumbo a Veracruz.

Un Sueño Muy Posible

Baila El Loco

Los Vizcaíno Albarrán se despidieron de los padres de Amalia Gertrudis y se marcharon no sin prometer su pronto regreso para el nacimiento de su nieto que venía en camino.

Los nuevos esposos también hacían sus maletas ya que se iban a radicar a Poza Rica, por motivos de trabajo de su marido.

El tiempo parecía pasar dejando su rastro de alegrías, logros y penas... muchas penas. Aunque para los más jóvenes todo parecía esperanza e ilusión.

En la casa paterna, María Eugenia y Lina, esperaban con ilusión las cartas que Juan Arnoldo mandaba de vez en cuando contándole como era Inglaterra, Augusta desde España les hacía la vida agradable contándoles anécdotas de lo que sucedía en el viejo mundo, de una u otra forma las chiquillas alimentaban su imaginación y sus únicas ventanas hacia el progreso y la modernidad era cuando llegaba su maestra; la Señorita Mariana.

Mariana era una dama extremadamente culta, venida de familia adinerada, cursó sus estudios académicos en las mejores escuelas de Europa, hablaba cinco idiomas y se había dedicado a dar clases particulares a los hijos de varias familias adineradas, preparándose para escuelas superiores.

Siempre fue una mujer adelantada a su época, a menudo se descubrió a sí misma auto recriminando su prisa por nacer... se decía —¿Acaso no podía esperar unas décadas? —Luego se reía de sí misma...

Había quedado huérfana al morir sus padres y su único hermano vivía en París en donde cada año ella pasaba sus vacaciones. Vivía en una de las haciendas vecinas y aunque contaba con una pequeña fortuna al igual que su hermano, enseñaba por mera vocación.

En 1937, nuevamente la hacienda San José se prepara con manteles largos para recibir a Juan Arnoldo que después de mucho tiempo regresa de Londres a tomar un descanso, Amalia Gertrudis con su familia llegó de Poza Rica, la maestra Mariana con su hermano que vino desde Paris a visitar a su hermana y una docena de amigos vecinos de la familia se reunieron para el acontecimiento. Después de todo, es una costumbre de los ricos buscar cualquier pretexto para reunirse y celebrar y así demostrarse unos a otros sus riquezas y competir así con los demás el título de los más importantes.

En una de las salas de la casa, en un bello sillón estilo francés como todos los muebles de la hacienda, María Eugenia y la pequeña Lina, observaban a todos y cada uno de los invitados, ataviadas con sus vaporosos vestidos nuevos traídos también de la Ciudad Luz. María Eugenia, parecía hipnotizada siguiendo cada paso, cada movimiento de aquel guapo solterón hermano de la Señorita Mariana.

—¿Te gusta Gustavo, verdad Gena? —La pregunta la sacó de su ensimismamiento.

—No, cállate no sea que alguien te oiga- Con una amplia sonrisa Lina la miraba moviendo los hombros en señal de picardía.

Desde que los padres de Mariana y Gustavo fallecieron, y terminó sus estudios en arquitectura, él prácticamente se quedó a radicar en Paris. María Eugenia lo había visto solo en una ocasión que Mariana invitó a varios de sus alumnos a su casa y él estaba ahí. Era un hombre muy apuesto y educado, ese día Gena quedó convencida que, si no se casaba con él, no se casaría con nadie. ¿Pero cómo podría pasar eso?, él sólo venía muy de vez en cuando…

Solo tenía dos años menos que su hermana Amalia, sin embargo, su hermana ya iba por su tercer hijo con Miguel, por lo que ya se hacían comentarios malintencionados como que; "La hija solterona de los Pérez Fontana..." El salón estaba de lo más animado, Gustavo había interpretado algunas piezas en el piano, y luego tocó el turno a la Señorita Mariana, ella para alegrar la velada comenzó a tocar una agradable polca.

María Eugenia no supo cómo ni cuándo, ¡Pero Gustavo se dirigió a ella para invitarla a bailar!... con gran timidez, pero sintiendo que el corazón se le saldría del pecho ella avanzó hacia el centro del salón.

Solo recuerda que tontamente le había dicho "No se bailar esos bailes tan modernos, espero no pisarlo". Esa noche, la muchacha no pudo conciliar el sueño. Su mano tenía el aroma de él, cerraba los ojos y creía ver los negros ojos de Gustavo sonrientes, aquellos dientes blanquísimos que le sonreían en todo momento... ah... se pellizcaba para convencerse de que no lo había soñado.

Fueron días de ensueño para las dos, Lina disfrutaba la estancia de su hermano Arnoldo y Gena, andaba en la luna, soñando despierta con algo que parecía imposible. Hasta una tarde que vio cómo se preparó con esmero el jardín de las mesas del té y doña Susana les ordenó vestirse de gala. Lina con su inseparable Cachita y la hermosa María Eugenia ya estaban listas cuando su madre fue por ellas a su habitación. En el jardín del té esperaban sus padres, su hermano y ¡La Señorita Mariana con su hermano Gustavo!

Con solemnidad, don Hermenegildo se puso de pie al mismo tiempo que Gustavo hacía lo mismo.

—Gena, hija mía. —Dijo el patriarca. la Señorita Mariana y su hermano, han pedido esta velada para anunciar un acontecimiento que a todos nos hará muy felices.

—Efectivamente. —Dijo Gustavo. He pedido al señor Hermenegildo su permiso oficial para que usted y yo señorita María Eugenia, seamos novios por un corto periodo de tiempo y si usted está de acuerdo, por motivo de mis ocupaciones en Paris, casarnos en un lapso de seis meses, siempre y cuando usted no disponga otra cosa... por no ser yo de su agrado.

Aquella vorágine se había iniciado en el instante en que aquel sueño hecho hombre pronunció las palabras mágicas "Novios... casarnos" ¿Qué había hecho ella para que un sueño que creía imposible se hubiera hecho realidad? Lina sonreía con asombro y curiosidad, ¿Qué se hacía en la vida para tocar una felicidad como la que ahora veía en los ojos de su hermana?

La vida le daría la respuesta muy pronto.

El corre corre comenzó, todos se pusieron manos a la obra, el vestido de la novia se traería por supuesto de París, solo se tenía que preparar el tradicional ajuar, aunque Mariana le había advertido a Gena, que casándose se iría a radicar a la ciudad de su esposo y no necesitaría nada de las manualidades a las que estaban acostumbrados.

—Te aseguro que allá es otro mundo, todo se compra en almacenes y todo con marca. Aún los edredones, sábanas y toda tu ropa mi hermano te la comprará allá. Susana hizo caso omiso a las protestas de María Eugenia.

—No me importa lo que la señorita Mariana opine, siempre he pensado que esos pensamientos tan liberales de ella no van muy de acuerdo con nuestras tradiciones. Habrase visto que no se quiere casar porque "Ella no será la esclava de ningún varón... Si eso no es el colmo, no quiero pensar que será, si no fuera porque es tan preparada no permitiría que fuera su maestra, María Eugenia solo habría exageradamente los ojos y la veía de abajo hacia arriba...

Todos se fueron a la gran hacienda La Esperanza, aunque esta vez toda la familia se fue para allá, porque el novio quería conocer un poco más a Gena y de paso la hacienda de la que tanto le habían hablado.

Baila El Loco

La Esperanza

Baila El Loco

La hacienda La Esperanza era soberbia. Era una extensa plantación de cafetos por un lado y tabaco por el otro, se ubicaba en lo más alto de una colina que quedaba frente a los acantilados. Con un clima eternamente primaveral cuando se llegaba a su entorno era imposible no sorprenderse.

En esa ocasión había llegado toda la familia y además un buen número de invitados. Los criados iban y venían por la casa siguiendo las indicaciones de los patrones, se les había dado un sencillo mapa de las habitaciones de cada uno de los recién llegados. En el casco principal se encontraban los dormitorios, el comedor principal, las salas de estar y dos más para juegos y horas de té. A un costado la cocina que contaba con fogones, hornos para el pan y la despensa con toda clase de carnes secas y embutidos preparados en la propia hacienda, abundaban los quesos añejos, los molinos para el nixtamal, el café y una gigantesca mesa de madera en donde se preparaba toda clase de comida y otra de igual tamaño en donde por turnos comían los que trabajaban en la hacienda.

Entrar corriendo en la cocina y pedir un taco de queso fresco, pan calientito con chocolate, tamal de elote con leche, era algo cotidiano para Lina, que en compañía de Cachita, rompían siempre el protocolo de las horas de la comida. Jacinta trataba de poner orden en su hija, a sabiendas que era en vano, Lina se imponía amenazando con su eterno chantaje.

—¿Quieres que me ponga triste? o simplemente le decía: —A ella me la dio mi mamá para mí solamente. Claramente Lina se refería a Cachita, y ahí sí, ni que decirle, después de todo, para la mulata, la niña Lina era como el alma de La Esperanza y la adoración de todos. ¿Quién le podía negar todos aquellos inocentes caprichos?

Después de la comida, Lina se salía a buscar a don Juvencio, el encargado de las carretas y los caballos que siempre tenían que estar listos para los recorridos por las plantaciones, los paseos de los invitados y cualquier mandado que se ofreciera.

Su hijo Martín no se separaba de él estaba dispuesto a aprender todos los manejos de la Hacienda y le ayudaba en todo. Cuando las veía venir, rápidamente se disponían para hacer una reverencia con respeto, el muchacho tenía escasos quince años, pero ya comenzaba a mirar con discreción a Cachita y se sonrojaba cuando ella le dirigía la palabra.

Martín conducía la carreta que llevaba a las dos muchachitas por todos los alrededores de la hacienda, en una ocasión cuando al pasar por uno de los ranchos vecinos a Lina le llamó la atención un chico que atareado bajaba bultos de unas carretas. Parecían recién llegados, eran dos mujeres y dos jóvenes que apresuradamente descargaban lo que parecía una mudanza.

Sus miradas se cruzaron y por un instante Lina no supo que hacer y levantó su mano agitándola en señal de saludo a lo que el jovencito hizo lo mismo. Martín acicateó los caballos y siguieron su camino.

—¿Lo viste, lo viste? —Le preguntó Lina a Cachita.

—Sí, si lo vi.

—Pero ¿Viste sus ojos? Eran los más grandes que he visto, verdes y muy brillantes. A Cachita no le parecía tan extraordinario, pero si ella decía... que más daba.

Al día siguiente lo primero que hizo Lina, fue... ¡acertaron! Hacerse nuevamente la aparecida en el mismo lugar, pero ahora sin suerte. Ordenó a Martín regresarse, pasar nuevamente sin éxito.

Fueron en diferentes ocasiones y a diferentes horas y nada.

—Estoy segura que no vive ahí, quizás solo estaba ayudando a las señoras... —Le dijo Cachita.

—No, yo sé que allí vive, me lo diste mi corazón— Los tres chiquillos rieron y se alejaron de ahí.

Los preparativos para la boda corrían a pasos acelerados, solo faltaban cinco meses y aunque Mariana y el mismo Gustavo, le decían a la muchacha que era una pérdida de tiempo y esfuerzo semejantes labores puesto que en Paris no necesitaría nada de eso, al parecer la tradición era inquebrantable.

Al igual que las "Chaperonas" asignadas para acompañar a la muchacha en todo momento. Con el pretexto de ayudarla en todo, tenían un lugar en su habitación hasta para dormir y así dar cuentas del honor de María Eugenia.

Lina nunca olvidaría aquella mirada, ese día que por fin lo volvió a ver. Fue el quien ahora levantó su mano para saludarla con una sonrisa y aquella brillante mirada.

Por fin un día de esos seis meses que estuvieron en La Esperanza se encontraron. Fue en un paraje del arroyo. Como siempre Martín las había llevado al usual paseo, y después al arroyo en donde encontraron a Marcos peleando con su vieja guitarra, cantando una canción, ella le lanzó un pequeño trozo de madera, sorprendiéndolo. Ese día comenzó un rosario de citas llenas de magia y ensueño, Martín y Cachita fueron los grandes cómplices de los tiempos de tiernos e inocentes encuentros de los adolescentes.

—Solo he venido a despedirme. —Le dijo Lina a Marcos. El muchacho sintió que el suelo se hundía en sus pies. Se abrazaron y en aquel abrazo se entregaron el alma, la vida y el corazón.

—Te juro que voy a regresar. Espérame. Te prometo que ni un solo día te olvidare y se fue.

...Y con ella se fue un pedazo de sí mismo.

La boda de María Eugenia y Gustavo fue todo un acontecimiento en la hacienda de San José. Lina no sabía de dónde había salido tanta gente, y menos sabía en dónde meterse para estar sola y poder pensar en Marcos. Suspiraba deseando que sus pensamientos llegaran hasta él, y no se equivocaba, al mismo tiempo Marcos, hacía lo mismo sentado tomando un descanso del arduo trabajo que los cuatro realizaban a diario para levantar el rancho, dos vacas, unas cabras, cerdos, gallinas y mucho, mucho terreno para barbechar, y preparar para sembrar todo lo que Petra su madre, les indicaba.

Todos parecían uno en el trabajo y aquel lugar ya tomaba forma. Los días dieron paso a los meses. Marcos todos los días pasaba frente a La Esperanza y veía con tristeza la oscuridad en los salones, los peones y las cuidadoras sólo hacían el aseo, pero de los patrones nada. Así pasaron unos años... años que para el joven parecían siglos. Todo en él crecía. Su cuerpo ya no era el de un adolescente, sus brazos, sus piernas, su abdomen ya habían tomado bellas formas, parecía un joven gladiador griego. Su piel era morena color bronce, lo que hacía lucir más aquellos grandes ojos verdes grisáceos.

Baila El Loco

Un Mundo Loco, que Baila al Ritmo del Petróleo

Baila El Loco

—Tienes que quedarte ahí cerca, quiero saber que está pasando. Casi a gritos le exigía Lina a Cachita. Algo terrible parecía haber pasado en la casa. Sus padres le habían ordenado a Lina que no saliera de su habitación. Había llegado su hermana Amalia Gertrudis con su dos pequeñitos que ya las nanas habían llevado a sus camas. Pero Amalia lloraba desconsolada.

Por la mañana ya todos los adultos vestían de negro y un ambiente de solemnidad y tragedia se respiraba en toda la casa. El Sacerdote que acostumbraba oficiar misa y confesar a todos dos veces al mes, ahora estaba en la casa. También estaban presentes las religiosas, parientes de doña Susana para dar apoyo a la viuda.

Miguel Vizcaíno, se había quitado la vida. Los padres, de él ya habían sido avisados y también esperaban parientes y amigos de la familia. El pobre hombre no pudo soportar la pérdida de todos sus activos. Las grandes compañías petroleras se habían retirado abruptamente de la nación mexicana, al parecer había habido una expropiación del petróleo y la realidad era que las compañías británicas se habían declarado en la quiebra, Miguel tenía toda su inversión en aquella portentosa industria que de un tris tras se había hundido.

Miguel solo había dejado una escueta nota que decía:

A mi esposa y a mis padres:

No espero que me perdonen porque no comprenderán, solo les pido que recen por mi alma. No nací para vivir en la pobreza. Les ruego que no culpen a nadie de mi muerte.

Miguel.

En San José, todo era tristeza y consternación. Las dos haciendas estaban repletas de toda la gente que quería estar dando apoyo moral a la familia. Mariana se dedicó a estar con los más jóvenes y los niños tratando de mitigar y dar explicaciones piadosas a los niños y explicándoles a los más curiosos como Lina el significado de lo que los adultos tanto hablaban; La Expropiación Petrolera.

—¿Pero por qué, dicen que eso fue un robo? Acaso ¿Nosotros tenemos la culpa, de que mi cuñado se haya quitado su vida?

—¿Por qué los padres de Miguel dicen que los malditos mexicanos somos los culpables?

—¡Por supuesto que no! nosotros, aunque somos mexicanos, no tenemos nada que ver con eso. En primer lugar, un adulto es totalmente responsable de sus actos. Nadie debería ser tan cobarde para tomar esa decisión. En la vida de una persona siempre habrá mil oportunidades más y segundo, el gobierno mexicano nunca estuvo de acuerdo con que compañías externas se estuvieran haciendo millonarias con los recursos del país. Esto tenía que pasar tarde o temprano.

Mariana sabía que Lina era mucho más inteligente que todos los ahí reunidos y sabía lo que ella le decía, por lo que no se sentía mal cuando le explicaba cosas qué tal vez para un joven de inteligencia promedio sería muy difícil de entender, pero no para Lina.

—Escúchame bien Lina. Este es tu país y tienes que saber algo de historia:

A cada país, le asiste el derecho de hacer uso de sus recursos naturales con libertad y soberanía, especialmente si es para su propio desarrollo como es el petróleo. Pero no es solo tener los derechos, sino también de estar en posibilidad de hacer respetar ese derecho.

—¿Eso quiere decir que ahorita México está en posibilidad de hacer cumplir ese derecho?

—Bueno Lina, cuando son tratados de comercio y política las cosas son muy complejas, ya que se ponen en juego intereses tanto nacionales como internacionales en este caso. Escúchame bien, sé que es algo complicado pero esto quedará en tu subconsciente y algún día lo comprenderás.

*La primera vez que se quisieron hacer cumplir esos derechos, fue con don Victoriano Huerta, fue un 29 de septiembre de 1913, que el entonces diputado de Chiapas don Querido Moreno, que luego fue Secretario de Relaciones Exteriores y de comercio, presentó una iniciativa de ley para expropiar las Compañías Petroleras. Por supuesto que el proyecto quedó en suspenso e inmediatamente "Cayó" el régimen de Huerta.

*En 1918, don Venustiano Carranza publicó cinco decretos conocidos como Las Leyes Petroleras de Carranza, entre otras cosas ordenaba a las compañías petroleras que le presentaran al gobierno, una manifestación detallada de los terrenos petroleros sobre cuyo subsuelo tuvieran derecho de posesión o cualquier otro derecho jurídico, con el objeto de regularizar las compañías petroleras. Pero como era de esperarse dichas leyes, no tuvieron ninguna repercusión. Las compañías simplemente ignoraron la petición de Carranza y no pudo subordinarlas. Por esa razón, Washington le retiró su apoyo y Carranza se desplomó hasta su trágico fin en Trascaltongo.

Como una curiosa coincidencia, don Venustiano fue asesinado por el General Rodolfo Herrero que junto con Peláez, estuvieron al servicio de la Estándar Oíl.

*En 1912, con Don Francisco I Madero
*En 1913, con Huerta,
*En 1916, con Calles,
*En 1917, con Carranza,
*En 1921, con Don Álvaro Obregón
*Y en 1938 con Cárdenas.

En épocas pasadas México tenía la fuerza económica, política y militar, más que suficiente para recuperar su petróleo, pero este asunto no lo podía resolver la sola voluntad de un hombre, ni siquiera la voluntad de un pueblo, sin el apoyo de una alianza.

—Disculpe señorita Mariana entonces nuestro Presidente actual es ¿Don Lázaro Cárdenas le preguntó porque quiero estar bien segura, si no como puedo contarle todo esto a...?

—¿A quién, Lina?

—A... Cachita.

—Bueno, entonces seguimos.

Como ejemplo:

La debilidad de México fue mayor en 1938 que en 1912, 1913, 1917 o 1926, porque la fuerza militar de los Estados Unidos del Norte, ha aumentado y sus nexos

con México también son más fuertes.

Actualmente (1938), la economía nacional se sienta en dos bases; que Los Estados Unidos comprarán más del noventa por ciento de toda la materia prima que México produzca y que a su vez, el vecino le proveerá de toda clase de maquinaria industrial que México necesita, así como medios de transportes para la vida moderna del país, también necesita créditos empréstitos, así que un boicot parcial en cualquiera de esos puntos podría desquiciar las finanzas mexicanas.

El gobierno de Lázaro Cárdenas no podría buscar apoyo en Europa porque esta se encuentra en vísperas de guerra.

Un apretón financiero de cualquier tipo que le dieran a México bastaría para colocarlo en la ruina o forzar un cambio político y la verdadera realidad es que en esos momentos México se enfrentó a lo siguiente:

La colosal maquinaria de Nueva York, puede fácilmente presentar la acción como un desafío y actuar como una medida de defensa, cualquier pretexto podría servir para incitar a México a levantarse en armas, como ya había sucedido en ocasiones anteriores sin que México jamás haya salido victorioso.

La realidad fueron una serie de venturosas circunstancias que México pudo expulsar a las empresas petroleras, al declararse la expropiación parecía como si estuviera jugando con fuego al desafiar las fuerzas del imperio británico y los Estados Unidos. Todo indicaba que el Presidente Lázaro Cárdenas había dado un paso hacia el vacío, aunque pronto se sabría, que todo fue una formidable maquinación del Presidente Roosevelt.

Eran tiempos de guerra y el panorama político internacional ya se forjaba, los Estados Unidos tomaban ventaja de una Inglaterra mermada y estaba llegando a su fin.

Además, a los grandes conglomerados imperios petroleros, la expropiación no les afectaría en lo mínimo, solo prescindirían de ser los directos explotadores de los mantos petroleros, de cualquier forma, los precios del petróleo no los fijaría México sino Nueva York.

El 8 de abril de 1938, el imperio británico exigió categóricamente la devolución del total de los bienes expropiados. Exigía la devolución inmediata de sus pozos petroleros, o su remuneración de costos en efectivo. Al ser cuestionado sobre el particular, el jefe de ayudantes de la presidencia el General Ignacio M. Beteta, expuso lo siguiente:

"La expropiación de las compañías petroleras ha sido rubricada no solo por el pueblo mexicano, sino también por el gobierno de los Estados Unidos".

Al conocerse esa declaración una hora más tarde de forma pública, la embajada inglesa protestó ante la Secretaría de Relaciones Exteriores exigiendo más datos sobre el caso, interviniendo entonces el Jefe de la Censura Oficial el Licenciado Agustín Arroyo Ch., que se hallaba al frente de Prensa y Publicidad, amenazando al periódico con cortarles el suministro de tinta y papel para que no se publicara nada más sobre el asunto y como todo se sabe tarde o temprano, al imperio Británico esto lo tomó como una miserable burla. A México no le quedó más remedio que romper relaciones con Gran Bretaña, y no solo eso, sino que darle las gracias al vecino del norte por su aportación y apoyo con la siguiente misiva:

Al 17 de marzo de 1938.

"Es una satisfacción para los mexicanos, tener la amistad de un pueblo en donde el Presidente sigue manteniendo la política de amistad y respeto para cada nación. Política que está ganando para usted el aprecio y el respeto de muchos pueblos del mundo, la nación mexicana ha vivido en estos últimos días, momentos de verdadera prueba en los que no sabía si dar rienda suelta a sus sentimientos patrióticos o aplaudir un acto de justicia por parte del país vecino representado por su Excelencia.

Atentamente:

Lázaro Cárdenas del Río, Presidente de México."

Por otra parte, el 14 de abril desaparecieron los rumores de desacuerdos y represalias. El Secretario del tesoro Morgan Tao, dio a conocer que se podrían seguir vendiendo en Nueva York los cinco millones de onzas de plata mensuales que el gobierno de Cárdenas vendía ahí, además esos mismos días llegó a México desde el mismísimo NY, el señor John W. Davis, de Davis & Co.

A concretar la primera compra de todo el petróleo expropiado.

De esa forma, las compañías británicas tuvieron que hacer lo mismo, pero con infinitas pérdidas, por lo que fueron los más afectados.

De esa forma quedó completamente aclarado que fue la poderosa mano de Rosevelt la que estuvo tras el movimiento petrolero mexicano.

Lo que personalmente le critico a Cárdenas es que desaprovechó el momento para en vez de poner fuertes bases en PEMEX, puso bases políticas, al crear el monopolio oficial del petróleo en el cual se excluyó al capital y a la iniciativa libre de los mexicanos los que quedaron excluidos como si fueran extranjeros en vez de una "Mexicanización" total en la que participaran todas las energías de la nación, solo se hizo una nacionalización oficial y burócrata. Con esto se favoreció a la burocracia, el favoritismo, el despilfarro, la irresponsabilidad y la demagogia. Supuestos líderes sindicales, con puestos casi imperiales, con sueldos groseramente incongruentes que aún hoy en día gozan.

PEMEX comenzó a marchar desde el primer día, con un lastre nefasto. Los favoritos políticos empezaron a aumentar personal más rápido que la producción, los costos se triplicaron y nunca fue suficiente con subir los precios de la gasolina hasta hacerlo casi un lujo imposible. Se dejó de producir gasolina para exportar solo crudo, así las pérdidas de la empresa cada año eran terribles y estas pérdidas fueron pagadas por impuestos federales pagadas por todos los consumidores del combustible.

En aras de la expropiación comenzó también la primera devaluación de la moneda mexicana y no ha parado desde entonces. Así Pemex en vez de dar dividendos para el bien colectivo, se hizo una maldita carga. Resulta sarcástico que se le atribuya a Cárdenas el título de autor de la independencia económica de México, ya que lo único que los mexicanos han recibido de PEMEX es el orgullo de los colores nacionales y si bien no está a discusión que es quien paga los sueldos más altos en el país, también es verdadero que no los paga de su bolsillo, sino que los cubre con el auxilio de la legaría federal o sea de todos los contribuyentes.

Ahora al parecer se está llegando a la época de los tiempos previos a Cárdenas, nuevamente las empresas extranjeras están en busca del petróleo mexicano y el gobierno de México con la excusa de que no se tiene ni el capital ni la experiencia, está regresando a la sociedad de las mismas empresas extranjeras que Cárdenas expropió. Demagógicamente dicen que, si México no hace esto, habrá un caos financiero... ¿Acaso no lo ha habido siempre en los hogares de todos los trabajadores mexicanos promedio? Pero jamás olvidemos que ese caos financiero lo iniciaron los malos manejos de PEMEX y en última instancia, a un aparato gubernamental que le gusta despilfarrar el dinero que no es suyo y que jamás le ha costado obtener.

En realidad, no hay nada malo en PEMEX, excepto los malditos políticos que lo manejan.

Resulta también paradójico que Roosevelt haya logrado la expropiación petrolera y que nuestro propio presidente no haya puesto las bases para una fuente de riqueza, sino en un resumieron de infinitos recursos. Ahora el recuerdo de Lázaro Cárdenas que pudo haber sido una paternidad inolvidable, soló dejó una sombra radioactiva que cuando te quieres proteger de los rayos del sol... encuentras quemaduras mortales.

Mina y Arnoldo

Baila El Loco

Carta de María Eugenia

—¡Mamá, papá carta de María Eugenia!

Entró ese día Lina saltando de felicidad mostrando la misiva. Doña Susana con solemnidad se sentó mientras todos se reunían a su entorno; en la carta María Eugenia les contaba su próxima maternidad, su felicidad a lado de Gustavo y los terribles aires de guerra que se respiraban en Europa. También les decía de la decisión que Juan Arnoldo había tomado. Regresaría a casa con su novia con intención de casarse, también les contaba que viajaría con Beatriz la madre de Mina su prometida y Marcelo hermano de ella. Como era de esperar, Don Hermenegildo puso el grito en el cielo.

—Pero abrase visto tanta modernidad... ¿Cómo que su prometida? ¿Cuándo fue la pedida de mano?

Había más preguntas que respuestas. Lo cierto era que definitivamente los tiempos ya no eran los mismos. Que la moral y las buenas costumbres se habían archivado.

—Ya Hermés, ya... no te hagas mala sangre. Lo importante es que nuestro hijo viene para acá y además ha escogido su casa para casarse eso es lo importante, ¿No lo crees?

Refunfuñando don Hermenegildo se puso de pie y salió al jardín del té y encendió un cigarro.

Una extraña inquietud inundaba el corazón de Lina.

—Madre ¿Usted cree que Mina quiera que le ayudemos a confeccionar su ajuar, entonces tendremos que ir a La Esperanza no es verdad?

—No lo sé hija, solo ellos lo pueden decidir.

La muchachita insistía en su conversación haciéndole ver a su madre que si Mina no sabía las costumbres familiares ellas tenían la obligación de enseñarle.

—Ya hija, por favor déjame pensar.

—Señorita Mariana, ¿Cree usted que yo estoy lista para el matrimonio?

—¿Qué clase de pregunta es esa Lina? aún no cumples ni quince años, además tu ni siquiera tienes un pretendiente, yo creo que se está lista para el matrimonio si tus padres lo deciden, o cuando llega el amor. Fíjate en mí. Siempre supe que soy bonita y sin embargo nadie se interesó en mí, y a mis cincuenta, ya no llegó nada-.

—Señorita Mariana, si yo le contara un secreto usted ¿lo guardaría?

—Si tú me lo pides, por supuesto que lo guardaría.

—Yo hace tres años que tengo novio, solo que no vive aquí. Él se llama Marcos es el muchacho más bello del mundo, bueno... mi novio, mi novio tal vez no lo sea. Pero algo si sé. Yo, solo con él me casaría.

—Pero, ¿Cómo es eso? ¿No es tu novio pero te quieres casar con él?

Lina le describió a Mariana todo aquello que sentía, que él no era rico, ni de la clase que a sus padres les agradaba la gente, pero ella era Lina, solo con Él se casaría y punto.

Mariana solo movió la cabeza pensando en que algo así, le pasó a ella. Solo que él murió y ella se entregó de lleno a cultivarse, crecer en sabiduría, pero también en años. Un día se dio cuenta que el tiempo había pasado muy a prisa.

Mayo de 1940, era día de fiesta en San José, Juan Arnoldo había llagado de Paris y con Él las buenas nuevas; se casaba en un año con Mina. El joven llegó con la novia y toda su parentela.

Al parecer la familia de la chica estaba muy complacida con toda la posición y opulencia que se respiraba en el lugar, doña Beatriz y Marcelo no dejaban de sorprenderse y alabar todo y a todos. Marcelo era un joven recién graduado en Paris y con su madre y su hermana vivían en una cuantiosa herencia de los abuelos paternos. Eran gente muy educada, pero con una sencillez y delicadeza que cautivó a todos de inmediato.

—Por supuesto que mi hija preparará su ajuar aquí, no faltaba más. —Dijo Beatriz. Al aceptar mi hija a Juan, yo le advertí que, si no estaba dispuesta a ser una mujer de su esposo, ni pensara en casarse, nosotros somos de la vieja España y aunque vivimos en Paris por motivos familiares, nuestras buenas costumbres siempre prevalecerán ¿No es así Mina y Marcelo?

—Por supuesto madre, por supuesto...

Contestaron los muchachos con una dulce sonrisa.

—Ándale Martín, apúrate, ¿Qué no ves que se nos hace tarde?

—Válgame niña Lina, si apenas son las ocho de la mañana.

Cachita y Lina desayunaron en la enorme cocina muy temprano ese día y salieron en la carreta con Martín. El pecho le temblaba a Lina y sus ojos centellaban hacia todos lados esperando descubrir la figura de Marcos, cuando pasaban por el lugar le pidió a Martín que se detuviera.

No podía creer que en solo tres años aquel lugar estuviera tan cambiado, doña Petra, Margarita y mis amigos Marcos y Cosme, han trabajado mucho. Ahora doña Petra les vende a muchas haciendas quesos, dulces, flores y hortalizas- dijo Martín.

—Estoy seguro que ahora mismo andan entregando los pedidos. Todas las tardes Marcos pasa a recoger lo que les encargan y muy temprano lo entregan.

—¿Quiere que regresemos más tarde niña Lina?

—No, espérame aquí. Lina bajo de la carreta y se dirigió a la casita.

La recibió Margarita. Se saludaron y Lina le dijo:

—Soy Lina, la novia de Marcos ¿Podría decirle que esta tarde estaré esperándole en el arroyo?

Margarita se quedó muda, no le puedo contestar, la chiquilla dio media vuelta y se alejó sonriente.

—Vámonos, regresaremos más tarde al arroyo.

Cuando regresaron del paseo Marcelo esperaba en la sala leyendo un libro:

—Buenos días, los busqué para el desayuno, pero los criados dijeron que salieron muy temprano.

Lina le contó al inicio una sarta de mentiras y excusas que a partir de entonces tendría que inventar a diario.

Él es un invitado y el cuñado de mi hermano, pero no creo tener la obligación de "Entretenerlo" ni ser su dama de compañía, en todo caso que salga con mi hermano, era lo que Lina pensaba.

Pero ya se entretejían uno que otro plan para reforzar aún más los lazos familiares entre las dos familias. Beatriz había quedado encantada con la muchacha y no pensaba dejarla escapar. Ella la casaba con Marcelo o ¡Se dejaba de llamar Beatriz Tornero de la Barca!

—Mina, ¿Qué opinas de una boda doble? —Mina se queda mirando incrédula a su madre.

—¿De qué estás hablando madre?

—Le he puesto el ojo a Lina para tu hermano y él está más que encantado, solo tendremos que hablar con su padre, porque con Susana ya casi cerré el trato. Espero que don Hermenegildo esté de acuerdo y entonces sí ¡Boda doble! ¡Claro que sí!

Carretas y más carretas, unas con telas y encajes, otras con víveres y encargos que Susana mandaba traer. Cachita entró corriendo a la habitación de Lina:

—Adivina ¿Quién está en la cocina con mi madre? Están haciendo la lista de las entregas para mañana… quesos, hortalizas, flores... ¿Te suena?

Mina salió como rayo directo a la cocina:

— ¿En dónde está?

—¿En dónde está quién? —Jacinta la miraba desconcertada y le volvió a preguntar que a quien buscaba.

—Es que vi a un chico aquí y quería saber ¿Quién es? —le dijo.

—Era Marcos Rubio, él nos surte de quesos y algunas otras cosas, ¿Qué necesitabas? porqué él ya se fue.

Lina salió de la cocina con un nudo en el estómago un poco decepcionada por no haberlo visto, "Aunque quizá sea mejor así pensó, ¿Qué tal si no me aguanto y lo abrazo con todas mis fuerzas?"

Aquella tarde, como lo había hecho tres años antes, con sigilo se escondió junto al árbol aquel.

Ese que fue testigo de aquel abrazo de despedida,
de las miradas luminosas de los dos, allí, en la misma piedra plana, sentado con su vieja guitarra, tarareando la misma canción, estaba él. ¡Esperándola! pisó una rama y está se quebró, súbitamente el muchacho volteó y corrió a su encuentro.

—¡Viniste! ¡Viniste! —Marcos la veía la tomaba de los hombros la abrazaba y la alejaba para verla mejor, los dos se abrazaban, sus lágrimas se mezclaban y reían a carcajadas.

Ella le pregunto a él:

—Marcos, ¿Tú crees que esto que siento yo en el pecho, que parece que me estallará, estas ganas de llorar y también de reír... sea el amor?

—No lo sé, yo lo único que sé, es que, si tú me dices que regresarás, yo te esperaré y si no regresarás más, entonces me moriría. Que una y mil veces, prefiero morir antes de dejar de verte, de tocarte y saber que vives. Que con todas mis fuerzas le pido al cielo, que prefiero estar loco antes de dejar de pensar en ti.

—Marcos... Por favor, prométeme que, si un día no regresó, irás por mí. Prométeme que nos casaremos un día, que envejeceremos juntos y seremos muy felices, ¡Dilo! ¡Prométemelo!

—Lo prometo, una y mil veces te lo ¡Prometo!

Se tomaron de la mano y fueron hasta el mismo árbol y con una pequeña piedra formaron un corazón con sus iniciales en la corteza del árbol, LyM... y allí quedó sellado su amor.

—¡Marcos! Hijo, te estoy hablando... ¿Cómo está eso, de que vino una señorita de la finca a buscarte y dijo que era tu novia?

—Si Ma... Ella es Lina y yo creo que es mi novia.

Petra no entendía bien, pero si estaba muy preocupada, eso sí que era una locura, ¿Cuándo se ha visto que una muchacha rica, se fije en un pobre?... eso ya no pasa ni en los libros.

Trató de hacerlo entrar en razón, explicándole que ellos pertenecían a otra clase de gente, que los padres jamás permiten que un pobre entre en su familia, pero el parecía no escuchar o había perdido el juicio.

Los meses pasaron y aquellos encuentros obligados por el corazón, no tenían horarios. Lo que sí tenían eran dos cómplices los que, a su vez, el amor también los había atrapado; Cachita y Martín, disfrutaban tanto aquellos paseos secretos de la misma manera que Lina y Marcos.

Por fin se llegó el día del regreso a San José. El ajuar listo y el plazo a punto de cumplirse, solo faltaban dos meses para la gran boda. Antes de regresar le celebraron a Lina su cumpleaños para lo que se llenó la casa de flores, las mismas que ella sabía; su novio las cultivaba.

De nuevo el abrazo, de nuevo la despedida, pero esta vez era diferente, había promesas, había también muchos besos, tantos que no los podían contar, noches de desvelo pensando uno en el otro y sobre todo una gran promesa; la de nunca dejar de verse y amarse.

La boda de Juan y Mina fue como siempre un gran acontecimiento, gente de todas partes, regalos y el regreso de Juan Arnoldo con su hermosa esposa a Paris.

Algo paso antes de su partida y fue que se celebró

de nuevo una reunión familiar con una gran cena. Al terminar, Don Hermenegildo se dirigió a todos con las siguientes palabras:

—Queridos hijos míos, ustedes saben que mi hija Amalia que ahora ha quedado viuda con sus dos hijos, mi querido yerno Gustavo con mi hija María Eugenia y mi nieto y ahora mi nuera con mi hijo, son la alegría de esta familia. Solo me faltaba una cosa para convertir este hogar, en el paraíso... y creo que hoy se ha cumplido mi deseo. Y siguió la perorata:

—Este joven Galeno radicado en Paris cuñado de mi hijo, ha tomado a bien darme la gran noticia. Me ha honrado pidiendo la mano de mi hija Lina y yo se la concedí, por lo tanto, tengo el placer de anunciar que en un año y tres meses, se llevará a cabo la unión... He dicho.

Todos aplaudieron y gritos de júbilo se escucharon. Lina y Cachita al unísono sacudieron la cabeza para metafóricamente retirar el agua helada que les había caído.

—¿Oíste ese disparate Cachita?

—Oí el disparate Lina.

Y ahí venia el novio, con una amplísima sonrisa, y ahí venía la suegra Beatriz, que más parecía una castañuela que una señora y que decir de Mina:

—Cuñada, ahora eres mi cuñada doblemente, que maravilla, regresaremos para tu boda, ¿Sabes que también irás a radicar a Paris verdad? Mi hermano tiene su propio piso que le heredó mi abuela, será maravillosa nuestra vida.

—Lina, Ay querida mía, te has puesto pálida de la emoción, yo le dije a mi hijo Marcelo que era mejor prevenirte, pero el insistió que quería darte la sorpresa.

Y bueno... ¿Qué les puedo yo contar?, tiempos aquellos en que ni voz ni voto para las mujeres.

Los días siguientes Marcelo no se separaba de Lina cuando la veía de modo y no era que Marcelo fuera desagradable, todo lo contrario, era un joven amable y muy caballero, aunque se le notaba la experiencia con las mujeres, estaba decidido a llevarse a la mexicana a la ciudad luz. Solo que quizás eso... fuera muy difícil.

Los nuevos esposos se fueron a su luna de miel, y Beatriz con Marcelo a su casa de Francia, quedaron de acuerdo la fecha de la boda y que por supuesto se llevaría a cabo en la hacienda como estaban acostumbrados. ¡En un año y tres meses!

—¿Qué hago Cachita? ¿Qué haré?

—Pues nada, mi niña Lina, ya no se puede hacer nada. Usted ya sabe que cuando el patrón dice algo, ya no hay poder humano que lo haga desistir y ya dio su palabra.

—Jamás… Eso jamás, primero... ¡Primero nada! Creo que nos vamos a morir Marcos y yo, aunque existe un camino. Estaremos juntos el año que me falta para casarnos Marcelo y yo, después que el destino nos condene.

Tres meses después, las carretas enfilaron hacia La Esperanza...

Los candiles se encendieron aquella noche y a Marcos le dio un vuelco el corazón.

—¡Está aquí, ella está aquí! —estuvo ahí parado frente a la gran casona, por horas, pero no logró nada solo veía a los sirvientes que entraban y salían con bultos.

Pensó en entrar a preguntar si necesitaban algo, ¡Pero no!

Sería mejor esperar a mañana, ¿Qué tal si es inoportuno?

—Niña no te muevas tanto, te voy a picar con la aguja —la costurera le tomaba medidas cada momento, tenían que confeccionarle los camisones, los corpiños y los blúmeres.

Lina ya estaba cansada. Ya tenían más de diez días que habían llegado y no se podía escapar, después solo se dedicarían a confeccionar la ropa de cama y de cocina y ya al final el vestido de novia, cosa que a Lina ni fu...ni fa.

—Señora Margarita, ¿Me recuerda? Soy la novia de Marcos... ¿Estará él en casa?

—Señorita Lina, pero que hermosa está usted, ¡No! Marcos salió a las entregas con Cosme, es que Petra no se ha sentido muy bien y ahora les toca a ellos llevar todo.

—Dile que pase, por favor Margarita —se escuchó una voz—. Era Petra quien hablaba.

—Pase Señorita Lina, por favor pase y tome asiento. La habitación de Petra era pequeña pero muy acogedora, muy humilde pero limpia. Espero que usted si pueda explicarme esa locura que Marcos no puede, ¿Qué es eso de que usted y mi Marcos son novios?

—Señora, Marcos y yo no somos novios, él nunca me lo ha pedido y yo no necesito semejante formalidad, pero él y yo somos mucho más que eso, él es mi vida, mi aire, yo vivo porque él vive. Somos esposos prometidos, el me lo prometió y yo también, a mí no me interesa ser su novia, yo soy de él y él es mío. Si le he dicho a su tía Margarita que somos novios, es porque solo a usted le podría explicar lo que Marcos y yo somos. Ahora me voy, porque ya se me hizo tarde.

La muchacha dio media vuelta y con una reverencia se despidió de Petra dejándola con la boca abierta. Petra tomo su rosario y comenzó a rezar...

—Dios bendito, apiádate de nosotros, Padre nuestro que estás en el cielo... santificado sea tu nombre... Dios por favor, protéjales de la tentación y que no se haga mi voluntad sino la tuya... Amén.

—Niña Lina, se quedaron dormidos, ya es hora de regresar. Cachita apuró a Lina y a Marcos, los jóvenes se habían quedado dormidos en el arrullo del viento, el canto de los pájaros y el ruido del río.

Llegaron al atardecer a la hacienda, todo era orden y limpieza, trabajo, trabajo y más trabajo, cruzando el jardín principal de atrás de la hacienda estaban las casitas de los criados. Don Hermenegildo le había construido a cada una de las parejas, familias y todo el que lo solicitara su propio lugar. Jacinta tenía su propio jacal, era así como les decían. Pero eran mucho más que simples jacales cada uno tenía un pequeño

patio, por dentro eran cálidos y bonitos.

Algunas veces a Lina le gustaba pasar ratos ahí, todos la veían como una hija más, aunque con mucho respeto, de manera que a Susana no le parecía extraño que no estuviera en casa algunas veces, además su dama era Cachita que se deja matar por su "Amita" o su niña,

como la llamaban todos.

Fueron tantos y tantos los días que pasaron juntos en los parajes del riachuelo, que para ellos era algo normal, almorzar bajo su árbol nadaban en los charcos que se hacían en hondonadas del arroyo, pasaban mañanas, tardes y medio días juntos, todo era risa cantos, juegos y felicidades al por mayor, que no sintieron como se fueron diez meses.

Esa tarde supieron que en dos meses nuevamente tendrían que despedirse y aunque Lina siempre se negó a ver su realidad, algo dentro de su corazón le decía que ella no se casaría con Marcelo, sin importar el vestido, los azares, todo el ajuar ya ni siquiera le importaba lo que su padre dijera, ella no se casaría y punto.

¿Qué es lo que haría? No tenía la más mínima idea.

Esa tarde, abrazados, sin querer separarse, algo muy extraño surgió, ya era natural que se recostaran cerca del rio, bajo su árbol y los abrazos, los besos y caricias nunca faltaban, pero esa tarde todo fue diferente.

Su corazón parecía que latía a otro ritmo, los abrazos se hicieron más y más intensos, los besos cobraron un furor desesperad, ansiosos, prohibidos...

Esa tarde tomados de la mano con fuerza los dos se elevaron al infinito.

La tarde caída muy rápido, los dos se incorporaron sin soltarse, callados y sin dejar de llorar y besarse esa tarde nuevamente, prometiendo volver al día siguiente y al siguiente y los dos meses que siguieron dieron rienda suelta a sus totales entregas, sin pudor, sin vergüenza ni remordimientos.

El ajuar para la novia que cada día lucia más bella que el anterior, ya estaba listo.

Las carretas ya estaban cargadas, en unas horas se iría para casarse con Marcelo.

El novio llegaba en unas semanas y a más tardar en un mes, ya estaría casada.

Esa tarde no fue al río, sino a la casa de Marcos. Todos estaban ahí, ella se despidió de todos y finalmente de él. Marcos la acompañó y ya para irse le entregó una hermosa bolsa de terciopelo negro. En él Lina había puesto un mechón su pelo: "Nunca te separes de esto amor mío, yo te prometo, te juro por mi vida que regresare y estaremos juntos". Luego se dieron su último abrazo.

La hacienda San José lucia más luminosa que nunca, todo era regocijo y alegrías, Beatriz, Susana María Eugenia, Mina, Amalia, Gertrudis y las tías, primas, nietos y caballeros todos tenían listas sus mejores trajes.

En el aposento de la novia, la costurera sudaba de los nervios:

—Pero niña ¿Cómo es posible que en tres meses hayas subido tanto de peso? —Ya no tenía más tela para

agregarle y angustiada mandó llamar a doña Susana.

—Es que ya le había agregado una cuchilla, mire, mire señora... ya no le cierra ¿Qué hacemos?

Susana no sabía qué hacer, ya no había tiempo para preparar otro vestido.

—Y si usa el de una de las niñas... o ¿Él de usted?

—¡Cómo se te ocurre! Ya apestan a Naftalina, ¡Ya no hay tiempo! Arréglatelas como puedas.

Susana llamó a Amalia y Amalia a Mariana.

—¿Podrían dejarme a solas con Lina?

—¿Qué sucede aquí señorita? ¡Mírame a los ojos!

Lina no levantaba la vista, Mariana le tomó la barbilla y con delicadeza le preguntó:

—¿Paso algo que yo no sé, en tu estancia en La Esperanza? —Lina levantó la mirada y con los ojos llenos de lágrimas le dijo;

—¡Todo Señorita Mariana! ¡Todo!, pasó lo más hermoso que existe en el mundo, me casé con mi novio, me casé bajo el árbol, junto al río.

Mariana la abrazó con ternura, pero temblando de pánico, no sabía que sucedería, pero no sería nada bueno.

Amalia regreso con una tela de organza muy parecida a la del traje y entre ella y la costurera arreglaron la talla, con la sevillana disimularon el parche y de madrugada comenzaron a vestir a la novia.

Toda la familia reunida en la hermosa capilla de la hacienda, la alfombra de pétalos y hojas de romero le daban al ambiente un toque romántico y melancólico, el sacerdote preparaba su oficio y Marcelo al lado de su madre esperaban cerca del altar un tanto ansioso.

En los reclinatorios siguientes a los novios todos estaban radiantes don Hermenegildo impaciente volteaba cada minuto a la puerta y los invitados.

De pronto le comenzó un temblor que Susana trataba de disimular.

—Calma, mi amor, calma, mira, allá viene Lina con la señorita Mariana.

Los violines tocaban la marcha nupcial de F Mendelssohn...

Y aunque la novia lucia radiante, la señorita Mariana se veía inquieta, don Hermenegildo salió rápidamente a recibir a su hija para acompañarla a su triunfal entrada.

—Vamos hija, camina vamos. —Lina sentía como si unos fardos de plomo detenían su paso, hacía un gran esfuerzo, pero era inútil.

—Padre, perdone usted, no puedo caminar, creo que no pudo casarme. —El temblor que antes sentía el hombre se empezó a acentuar casi arrastrando a Lina la fue acercando hasta el altar.

Marcelo se encaminó un poco para encontrarlos, pero a dos pasos de llegar al altar Lina se desvaneció. Todos corrieron a tratar de socorrerle, se formó una trifulca, Marcelo gritaba:

—¡Aléjense, por favor aléjense! —Otros pedían ¡Un médico!, y aunque el novio era médico, estaba paralizado por la desagradable sorpresa.

Uno de los invitados, corrió a traer su maletín, era un doctor amigo de la familia, nadie se dio cuenta de que don Hermenegildo, estaba doblado en una banca cercana, con un fuerte dolor en un brazo.

El doctor examinó a la novia.

—No hay de qué preocuparse, solo fue un desmayo propio de su estado, está embarazada, pero ya está bien.

—¡Ayúdenme! ¡Por favor ayúdenme! —Gritaba Susana. Lina ya había reaccionado, cuando el doctor corrió hacia la banca del señor Hermés.

Lo examinó y con una cara de exagerada preocupación dijo:

—Lo siento mucho señores… don Hermenegildo acaba de fallecer, le dio un ataque fulminante al corazón. —Consultó la hora en su reloj y lo acomodó en la banca.

Yo quisiera, poder describir la escena lo más fiel posible, pero me es imposible, es que cada cara, cada gesto de aquella gente sería digna de un cuadro.

Susana gritaba histérica, Amalia salió corriendo con los niños buscando a las nanas para que se hicieran cargo, Beatriz y Marcelo, salieron rápidamente directamente a sus habitaciones, María Eugenia y su esposo, discutían en la puerta Mina indignada reclamando y Juan gritándole que se callara, que tuviera respeto por su padre.

El sacerdote frotaba sus manos y trataba de decir algo coherente:

—Calma señores, por favor calma, no olviden que estamos en la casa de Dios —pero todos lo ignoraban, hasta que les soltó unos gritos que salieran todos de la iglesia.

—¡Fuera! ¡Todos fuera! —Les dijo que daría la extrema unción y los santos óleos al difunto.

De pronto doña Susana se pone en pie y se va directamente contra Lina:

—¡Desgraciada! ¡Cómo! ¡Cómo! ¡Cómo pudiste hacernos esto! ¡Tú mataste a tu padre! ¿Me oíste? ¡Tú lo mataste!

Mariana toma a Lina de los hombros y con suavidad la aleja de ahí, la encamina a su alcoba y le hace una señal a Cachita...

—Por favor, no te apartes de ella.

La casa era un caos. Amalia trataba de controlar, de ayudar de explicar, pero todo la rebasaba, Juan Arnoldo y Gustavo se hicieron cargo de lo siguiente que era ayudar a los invitados a irse, lo que quisieron quedarse a ayudar, despedir los músicos etcétera.

Los días siguientes fueron dedicados al velatorio, funerales y misas, hasta recobrar un poco de calma.

Nueve días. Terminó el novenario, los rosarios y las misas.

La familia aún reunida después de despedir a los que acompañaron en todos los cortejos.

Beatriz y Marcelo partieron al día siguiente de la fallida boda, solo se quedó Mina con su esposo, pero solo hablaba lo indispensable y se mostraba respetuosa pero cautelosa. Ahora esta era su familia.

Jacinta llamó a su hija y la sacó de la hacienda hacia los jacales:

—Tú sabes todo, de eso estoy segura y me tienes que decir todo o ¿Prefieres que nos echen como perros de aquí?

Cachita solo inclinaba la cabeza y lloraba sin consuelo, negaba saber algo y se encogía de hombros.

Susana entró como huracán al dormitorio de Lina
y le dijo:

—Ya debes de estar feliz... nos ha puesto en ridículo en todo Veracruz, haz deshonrado nuestro nombre hasta causar la muerte de tu padre, ¡No sé porque no te moriste tú! Tu padre no tenía la culpa de tu maldad escondida, eres lo peor que le ha pasado a nuestra familia. Yo, ya no tengo cara, quisiera morir también para no sufrir esta vergüenza. Mañana llega tu tía Matilde, ya habló con la Madre Superiora y están dispuestas a recibirte hasta que nazca tu bastardo y ni creas que lo vas a volver a ver. Cuando nazca, Mina y Juan Arnoldo lo presentarán como su hijo, se lo llevarán inmediatamente a París y óyelo bien… ¡Jamás!, ¡Lo volverás a ver! y dale gracias a Dios que no lo mandamos a un orfelinato y óyelo bien ¡Jamás! Nunca puedes decirle a nadie que es tuyo ¿Entiendes? Susana gritaba, atropellaba las palabras, repetía una y otra vez lo mismo… De esta habitación no vuelves a salir hasta que salgas directamente al convento de Santa Úrsula, ¿Entiendes mal nacida? Taconeando con fuerza, se fue directamente a los jacales:

— ¡Jacinta! ¿Ya te dijo algo tu hija?

—No patrona, ella dice que nunca vio nada, ella no sabe nada.

—Tú sabes que eso es mentira, son unas alcahuetas, las dos se me largan de aquí, no las quiero volver a ver aquí, dale gracias a Dios que no te echo como un perro, se me van a La Esperanza, allá se quedan, después les diré lo que harán, por ahora te encargas de la cocina de allá y tu hija se va contigo y escúchame bien Jacinta, ¡Nadie! Absolutamente nadie, puede saber lo ¿Qué pasó acá?, tú, tienes que correr la voz entre los criados, que la niña Lina se casó y se fue a vivir a París y punto.

Temprano por la mañana, llegó la diligencia y en silencio, sin hablar con nadie, sin despedirse de nadie Lina partió hacia Veracruz y de ahí a Querétaro, aunque ni ella misma sabía en dónde quedaba el sitio a donde la llevaban.

Unos días después, salió Susana con Amalia y los niños, todos con enormes baúles rumbo a España. Juan Arnoldo y Mina se quedaron unos meses más. Tenían que esperar la llegada de "Su hijo" que se llevarían a París por orden de su madre, entre tanto preparó la administración y todos los asuntos importantes con gente de confianza.

Dejó instrucciones, ordenó todo y partieron él y su esposa al convento de Santa Úrsula. Unas semanas más tarde, viajaban los tres rumbo a Francia... a Mina le daba igual y no es que fuera mala persona, simplemente era una mujer con un carácter... manejable.

...Se marcharon por muchos años.

Las puertas principales de la hacienda San José del Cañaveral y Los Molinos, se cerraban y solo los criados entraban y salían por las puertas de servicio.

Seis meses después, en el convento de Santa Úrsula, había nacido Jazmín... Jazmín Pérez Fontana y punto.

La niña nació hermosa y muy fuerte su carita la iluminaban unos enormes ojos verde gris, solo la dejaron unos días para que la amamantara luego, casi se la arrebataron de los brazos "Sus padres" y no la volvió a ver.

—Doña Jacinta, ¿No va a querer flores?

—No Marcos, aquí ya no pondremos flores nunca más, solo las verduras que te pedí y unos quesos, eso es todo. Marcos desconcertado se fue a su casa. Hacían ya más de ocho meses que Lina se había ido y no sabía cómo preguntar. Cachita se hacia la disimulada y no le dirigía la palabra, Martín no sabía nada o no quería decir nada.

—Marcos, tienes que comer. Por favor hijo mío, no puedes dejarte morir así, Ella regresará. Por favor come. —Marcos estaba inmerso en una profunda tristeza, su mirada parecía perdida en la nada.

Marcos y Margarita también habían tratado de animarlo, pero nada funcionó.

Cada día que pasaba, era como si un pedazo de su vida se fuera, Cosme se hacía cargo de los pedidos y Margarita se multiplicaba para atenderlos a todos. Pronto buscaron gente que ayudara. Petra no se mejoraba, los pedidos de quesos y dulces aumentaban, pero también los problemas de sus dueños.

Petra no dejaba de pedir disculpas a Margarita por no poder ayudarle, pero una extraña tristeza no la dejaba levantarse.

Una mañana con angustia vio, como su hijo guardaba a prisa un par de cosas en una vieja bolsa y dándole un beso en la frente le dijo:

—Madre, perdóneme pero me tengo que ir a buscarla. Creo que algo malo le pasó, deme su bendición y sin decir una palabra más, se marchó.

Marcos camino día y noche, hasta llegar al pueblo de Perote, ahí, pidió razón y siguió su camino. Habían pasado diez días de que salió de su casa, en ocasiones lo acosaba un miedo infernal que lo hacía esconderse entre túpidos arbustos, durmiendo profundamente para despertar con los gritos que el mismo daba, temblando, sudoroso se encaminaba hacia los arroyos que alguna vez recordaba y se llenaba de agua.

Ya había perdido la noción del tiempo y aunque veía oscurecer, seguía su camino trastabillando y cayendo tantas veces que su piel fue tomando tonos marrones y amoratados, no sentía los cortes de las ramas, ni hambre, ni frío. Su mente estaba fija en un solo dilema; volver a ver a Lina.

Un día por fin distinguió entre brumas una gran plantación.

San José de los Molinos... ¡Allí era! El encontrar la casa de Lina le devolvió a Esperanza y hasta sonrío. "De seguro está enferma y por eso no ha regresado" Pensaba. Por fin ya cansado, se sentó fuera de la capilla de la hacienda, seguramente se quedó dormido, porque lo despertó un golpe seco en su costilla derecha —¡Hey, borracho, despierta!

Era don Crispín, uno de los peones de la hacienda.

El viejo Crispín era un hombre bondadoso que tenía más de veinte años sirviéndole a los Pérez Fontana.

—No soy ningún borracho, señor. Soy Marcos Rubio y estoy buscando a la señorita Lina —Al escuchar ese nombre, Crispín se quitó el sombrero y se santiguó. Marcos abrió desmesuradamente los ojos y con voz entrecortada preguntó:

—¿Murió?

—Mire joven, uste' se ve muy mal, venga conmigo a mi jacal, le puedo ofrecer un poco de buen café... o si quere', un tamal con hojas de acuyo, mi señora los hace re' güenos...

Marcos lo siguió, Crispín le ofreció un asiento luego agregó.

—Si es de cierto que uste' conoció a la señorita Lina, entonces quere' decir que era su mero amigo y si era su amigo, entonces uste' ha de saber que la niña Lina ya hace más de dos años que se jué' de aquí... dicen que su papacito que dios lo tenga en su gloria, la caso con un joven francés y se jueron pa' su tierra.

Marcos le clavó la mirada a Crispín y el hombre sintió un escalofrío.

—Si uste no me quere' creer, pregúntele a la seño Marianita, ella todavía sigue acá, vive en la hacienda de los cafetales como unas dos horas caminando. Ella sí que jué' como una tía pa' la niña, dicen que hasta era de su mera de confianza.

Marcos le dio las gracias a Crispín y se marchó por el rumbo que le señaló que daba hacia la hacienda de los cafetales.

Caminaba lo más rápido que sus fuerzas le daban de pronto sintió un dolor en la cabeza, se llevó las manos hacia arriba y cayó entre la hojarasca.

No supo cuánto duró ahí, pero nuevamente despertó bañado en sudor y con un incontrolable temblor. Hecho un ovillo, gimiendo y en forma fetal, permaneció por mucho tiempo.

Nuevamente perdió la noción del tiempo.

El sufrimiento, la falta de alimento y la desesperación estaban cobrándole factura. Un ruido de caballos y una carreta lo despertaron, trató de ponerse en pie pero no lo logró al primer intento, cuando pudo, la carreta ya estaba lejos y no alcanzó a decir o hacer nada.

Aunque eso había servido para despabilarlo, y comenzó a caminar,

—¿A dónde va buen hombre? —le preguntó un jinete que iba por el mismo rumbo.

Le contestó que a la hacienda Los Cafetales. El hombre se ofreció a llevarlo en ancas y Marcos subió, ya casi no tenía fuerzas para caminar, la sed lo estaba matando.

—Me llamo Hilario y tengo un ranchito por aquí cerca —Le dijo. Marcos quiso contestar, pero la lengua se le pegaba y solo tosió... luego dijo:

—Tengo mucha sed. Rápidamente Hilario le ofreció de su guaje.

Marcos no era religioso, a Petra la vida solo le alcanzó para sobrevivir, nunca tuvieron tiempo para esos lujos. Sin embargo, cuando Hilario lo dejó en el predio de la hacienda le dijo;

—Que dios lo bendiga Hilario, muchas gracias—

Camino hacia la entrada principal y con la enorme argolla del zaguán llamó.

Una mulata con ropa muy blanca, un pañuelo muy bien forjado en su cabeza abrió la puerta y con recelo le preguntó

—¿Qué se le ofrece?

—Busco a la señorita Mariana, dígale que la busca Marcos Rubio.

—La señorita no está, regresa en unas tres horas, fue a dar sus clases, si viene a buscar trabajo hable con Celedonio, él es el encargado.

—No… es otro asunto. Aquí esperaré. —Marcos se encaminó hacia un árbol que estaba a cierta distancia para esperarla sin molestar.

Sentado bajo el árbol cerró sus ojos, que le pareció un instante y sin embargo una voz femenina lo despertó.

—¿Usted me buscaba? —Una bella mujer con el pelo medio canoso, recogido en un moño, vestida con una fina falda larga de tafetán y una bella blusa blanca de mangas tres cuartos y un fuete en su mano se hallaba frente a él mirándolo con mucha curiosidad, al mirarla, el muchacho instintivamente se encogió con cierto temor.

—Ah, por favor, no tenga miedo... Discúlpeme. Me toca ir en mi carreta de un caballo y es mi costumbre traer siempre mi fuete.

Marcos se incorporó y a preguntó;

—¿Es usted la señorita Mariana?

—Si señor soy yo, ¿Qué se le ofrece?

Marcos le explicó que buscaba a Lina. Mariana lo miraba, disimuladamente lo examinaba con curiosidad y asombro. Cortésmente lo invitó a pasar a una de las salas de la hacienda, el joven le contó a grandes rasgos con su voz entrecortada y temblorosa su odisea que estaba pasando para encontrar a su novia.

Mariana le pidió a una de las criadas que llamaran a Celedonio, cuando el buen hombre estuvo ahí, le ordenó que pasara a Marcos a uno de los cuartos de trabajadores, que se aseara y le dieran de comer, luego regresaran.

Ya tarde casi de noche, Mariana habló con Marcos.

—Le aconsejo que hoy descanse y mañana, cuando usted esté mejor, hablaremos y me contará usted todo lo que quiera que yo sepa ¿Le parece? —Marcos asintió con la cabeza y acompañó a Celedonio quien le asignó un cómodo y rústico camastro en donde no supo cuánto durmió, cosa que no sabía desde cuando no hacía.

Muy lejos de ahí en el convento de Santa Úrsula, Sor Teresa del Divino Niño, hablaba con Lina:

—Entiendo tu negativa para integrarte a la vida religiosa, desafortunadamente la orden de su Santidad el Obispo Fontana ha sido muy clara, si no haces tus votos de fidelidad y obediencia, de cualquier manera, tendrás que seguir en el claustro. Cuando aceptes que tú pecado ha sido muy grave y estés totalmente arrepentida, podrían tus padres otorgarte el perdón y regresar a tu casa.

Lina, de rodillas en su reclinatorio cubriendo con sus manos su rostro. Le habían cortado totalmente su cabello. Usaba una toca de color blanco y una larga túnica del mismo color.

Tenía prohibido hablar, solo podía hablar con su confesor y para sus oraciones, tenía cuatro días a la semana de ayuno y solo le permitían dormir de las once de la noche a las cinco de la mañana, luego empezaba su día aseando los pasillos, los baños y ayudaba en la
cocina. El resto del día era de recogimiento y oración.

En El Cafetal, el capataz de la hacienda fue a despertar a Marcos.

Celedonio encontró el camastro vacío, rápidamente se dirigió a la casa grande.

—Si usted lo ordena, podemos ir algunos de los peones y yo a buscarlo señorita Mariana, yo hice lo que usted me ordenó.

—No, déjelo así, Celedonio, no es culpa suya, tal vez regrese después, no se apure, regrese a sus tareas.

Dos días después, Marcos regresó a la hacienda de Los Cafetales;

—¿Es verdad que Lina se fue a Paris? Por lo que más quiera señorita, dígame la verdad.

—Escúcheme bien joven, yo le brindé hospitalidad y confianza, y usted se marchó sin dar ninguna explicación, ¿Piensa usted que eso dice algo bueno se su persona? ¿Por qué le tengo que tener consideraciones y darle información a usted?, usted no me ha dicho quien realmente es, la mañana que se fue, lo esperamos aquí porque yo pensaba ayudarle, pero ahora ¿Qué quiere?

—Perdóneme señorita, perdóneme, estoy desesperado. Ya no sé a dónde ir para volver a verla — Marcos se cubrió la cara y cayendo de rodillas comenzó a sollozar.

Mariana estaba realmente asombrada.

—Por favor siéntese y escúcheme… Lina ya no está aquí y me temo que jamás volverá, usted tiene que ser fuerte, sus padres se la llevaron muy lejos, de hecho, todos se fueron. Aquí ya no queda nadie de su familia, se dice que sus propiedades están en venta. Usted ha de saber que su padre falleció y hace mucho tiempo que todo está en manos de los administradores, siento mucho ser quien le diga esto, pero es mejor que lo sepa Marcos, regrese a su casa... Lina ya no volverá.

Marcos no contestó nada, solo levantó su mano e inclinó su cabeza en señal de agradecimiento y se fue. Fue la última vez que Mariana vio a Marcos... Así.

Baila El Loco

Así Se Fueron Los Que Amaron

Baila El Loco

1969...

Fuertes golpes en la puerta me sobresaltaron esa mañana. Ya tenía mis maletas listas, había llegado el día de regresar a mi casa;

—Señora MaJu, ha ocurrido algo terrible, más bien dos cosas terribles. —Era Cosme, que con los ojos enrojecidos y tratando de mantener su ecuanimidad, me miraba con mucha tristeza.

—Es mi madre. —Ya no me pudo decir nada solo me abrazó y pude sentir su pena.

Me dirigí con doña Elvira y le dije que cambiaría el plan,

—Qué pena con usted, he decidido retrasar mi partida ¿Habría inconvenientes? —Me dijo que no, pero que tendría que pagarle los días de más que estuviera.

Monté en la carreta de Cosme y nos fuimos...
Ahí estaba Margarita, tendida como un ángel, en un camastro, a un costado, Luisa con su cabeza cerca de su regazo. Había muerto.

Al verme, María Luisa se puso de pie y soltó el llanto.

—Ella la llegó a apreciar mucho, aquí le escribió algo, creo que es más que una carta, me dijo que la disculpara por no ir a despedirse. —Dijo Luisa.

Yo trate de dar la apariencia de fuerza y fortaleza, ahí estaba Cosme, con su sombrero en las manos dándole vueltas con nerviosismo y tristeza:

—La sepultaremos a un lado de mi Nina Petra, ese era su deseo... ¿Cree usted que nos pueda acompañar?

—Por supuesto que sí Cosme, me quedaré todo el novenario. —Me quede con ellos toda la noche. Por la mañana ya estaban todas las sillas y las improvisadas bancas llenas, así como varias coronas de flores. Me despedí de Luisa y prometí regresar para el entierro.

Me extrañó no ver a Cosme, pero pensé que quizá anduviera en otros asuntos.

Yo sabía que quizás tendrían que iniciar algunos trámites para legalizar la propiedad, pero no me pondría a pensar en todo eso. Después de todo Cosme y María Luisa, tendrían que trabajar en ese asunto. El sepelio fue bonito por el apoyo moral de los vecinos y conocidos. Me despedí y esta vez para siempre.

Llegué de nuevo a mi modesta habitación, tome un baño ligero, bajé por un gran jarro de café y me dispuse a leer la carta.

La carta era un fajo de hojas atadas con un mecatillo de yute.

A 18, de agosto de 1969. Apreciada MaJu, tal vez cuando estas letras lleguen a sus manos, yo ya me habré marchado. Quiero expresarle que fue un gran alivio encontrarla a usted y sobre todo que se haya tomado tantas molestias por nosotros. Sé que cumplió su promesa de buscar a Lina. Recibí su carta y eso me hizo confiar aún más en usted.

Cuando usted estaba en Querétaro, le envíe una carta al mesón que me dijo usted que había llegado, pero se me regreso poco después. Aquí se la agrego en estas notas.

También le quería decir que busqué a la que fue maestra de Lina la señorita Mariana, ella me contó que conoció a Marcos y un día lo volvió a ver y trató de ayudarlo pero fue demasiado tarde. Que jamás se pudo reponer de la pena. Al parecer Marcos se internó en el bosque y vaya usted a saber cuánto sufrió, sin comer y... bueno usted sabe.

Creo que fue lo mejor, la locura fue un bálsamo para él.

Unos días después de que usted lo conoció, lo volvieron a golpear los vagos, le quitaron su bolsita y ya no aguantó.

Era lo único que lo conectaba a la vida.

Él se arrojó en el acantilado, para nosotros era imposible recuperar su cuerpo y eso si me mató en vida...

No sé qué le diré a mi amita Petra cuando nos encontremos, le ruego que rece mucho por nosotros. Sé que usted igual que nosotros no es religiosa, pero tratamos de rezar el rosario y otros rezos que aprendimos... ya sabe, no hubo forma de tener religiones, pero nos bautizaron a todos, y quizás nos admitan en el cielo.

Pero por si las dudas le ruego que rece. Por favor, yo sé que usted es buena y...

Ya estoy muy cansada y sé que mi fin se acerca, ya no busque más a Lina. Ella está en La Esperanza. Por fin la dejaron libre. Doña Susana murió en España. La niña Lina dio a luz una niña, le pusieron por nombre Jazmín, desgraciadamente la casaron en París y murió a dar a luz…el hombre se volvió a casar y su pequeña quedó prácticamente sola. Lina tiene dos hijos más y no se ocupó de la nena, la buena noticia fue que ¡Le dejaron a su nieta a Lina! Me despido mandándole una gran bendición.

La cuidare desde donde voy.

Su amiga Margarita de Jesús Martínez Ruiz.

—¡No!, ¡No!, ¡No!

Fue como un golpe en mi alma, Yo sé que todos moriremos, que nadie es eterno... pero bueno ¿Por qué me duele tanto una muerte así? Marcos no merecía morir así.

Antes de irme para siempre de Veracruz, fui a buscar las viejas haciendas. La primera fue El Cafetal. Me abrió una vieja mulata que amablemente me preguntó ¿Qué quería?, le pregunté por la señorita Mariana. Se fue, luego regresó me invitó a pasar y allí, en una mecedora me esperaba ella.

—Sabía que usted vendría. —Me dijo. ¿Usted me conoce? de oídas. —Una vieja amiga me hablo de usted. Margarita. Ella me contó los fragmentos de una historia que yo desconocí, la de mi Lina y su Marcos "El Loco". Cuando Marcos se fue de aquí, se internó en el bosque. Pienso que se perdió, porque cuando lo encontré unos años después ya no era ni la sombra…

Sí, una vez lo vi en el camino, ya no me reconoció, solo cantaba y bailaba y ya no pude hacer nada. Se lo dije a Margarita, Supe que la madre de Lina murió, también su tío, el Obispo Fontana, solo así le dieron la libertad a Lina. Aunque parece una muerta en vida. Ahora tiene una nieta, ¿Sabía que su hija se llama Jazmín? Aunque le dicen tía... Lina tuvo más hijos y Jazmín viene de vez en vez a La Esperanza. Yo sabía todo, por la carta de Margarita, entonces le dije:

—No sé si sepa, pero hace quince días sepultaron a Margarita.

—Lo siento. —Hablamos por un par de horas, luego me despedí y enfilé mi camino hacia La Esperanza.

Le dije al señor que me hizo el favor de llevarme que esperara cerca del camino, le dije también que tardaría y que le pagaría su tiempo.

Cuando llegue, todo se veía muy tranquilo;

—¿Se le ofrece algo? —Voltee para ver quien hablaba, era una mulata ya mayor. Torpemente le dije que solo paseaba por ahí... ella desconcertada me miró con recelo. Lo único que se me ocurrió decir fue;

—Fui amiga de doña Margarita y como falleció, vine a su novenario, pero ya me voy, es que me pareció muy bonita esta hacienda.

La mujer abrió mucho los ojos y dijo;

—Yo me llamó Jacinta, pero me dicen Cachita, soy la esposa de Martín el Capataz de la hacienda, ¿Quiere usted pasar?

¡Era Cachita! ¡Ella era Cachita! Sentí un mareo, de la emoción, pero me aguanté y solo acaté, como siempre, la torpeza me vence. —Mucho gusto, bueno me tengo que ir, buenas noches.

Ella entró a la casa y yo fingí alejarme, pero me regresé y me acerqué un poco.

No entre y creo que perdí mi oportunidad.

Ya era de noche, desde ahí, pude ver por un gran ventanal de la hacienda a una bella anciana sentada en un diván, con una pequeña chiquilla sentada en sus rodillas, me acerqué lo más posible y pude ver a la niña… era blanca, parecía un Jazmín, con unos grandes ojos verde gris...

...Gruesas lágrimas mojaban el pelo de su nieta.

Allá quedó Marcos, entre los peñascos del acantilado

No hubo funeral cortejos, ni lisonjas.

Unas manos necias cortaron su esperanza.

Ya baila El Loco en el cielo su pirueta.

Baila ese loco que la quiso tanto.

Inspiración

Baila "El Loco"

*Entre la horrenda lluvia baila "El Loco",
A nadie importa más su compostura,
Siempre durmiendo entre cerros de basura,
Cantando historias que importan ya muy poco.*

Entre la espesa bruma baila "El Loco",
Siempre sonriendo con su risa idiota,
Embravecido busca entre la basura,
Un mendrugo que encuentra algunas veces.

Siempre sonriendo con sus sueños rotos,
Corre gritando sus recuerdos vanos,
De mil batallas vencidas divulgado,
Cual un grotesco figurín danzando.

Baila cantando entre la lluvia "El Loco",
Junta de un árbol la fruta ya caída,
Lanza sus gritos con cantos de ironía,
Ya su huella pueril la borra el llanto.

Unos dicen que es padre, otros que es hermano,
A nadie importa descifrar esa maraña,
Tierra y escombros esconde en sus entrañas,
Una historia ya muerta sin retorno.

Se dicen cuentos, se cuentan mil historias,
Bailando "El Loco" siempre en grotesca danza,
Saltando grita en su tono destemplado,
Cansado duerme soñando una comparsa.

Sueños etéreos, en un lugar lejano,
Sonríe dormido pronunciando un nombre,

Baila El Loco

Soñando azares y corceles negros,
Sonriendo "El Loco" gimiendo entre su baile.

Corre por la vereda baila "El Loco",
Finge una cita vislumbra algún pasado,
Flaco en los huesos mirar desorbitado,
Curioso busca sonriendo enajenado.

Tira hacia el viento una historia sin oprobio,
Baila ese loco sin prisa ni esperanza,
Su voz resuena cual llanto en la templanza,
Una plegaria que al corazón alcanza.

Su mano aprieta de satín, la sucia bolsa,
Que negra cuelga de un cuello desgarbado,
Hurga y registra curioso el contenido,
Chillando cantos y recuerdos de un pasado.

Duerme "El Loco", descansando sus faenas,
Manos perversas cortan la sucia bolsa,
Duerme "El Loco" soñando en un ocaso,
Risa malvada se aleja tras sus pasos.

Despierta "El Loco", grita despavorido,
Desesperado busca el sucio lazo,
Se azota sin piedras y forcejea,
Jala su pelo y camina sin descanso.

Corre "El Loco" sin encontrar descanso,

Baila El Loco

Sus pies se cortan en escarpadas piedras,
Sus manos torpes cual cansado rostro,
Sube y sube, las cumbres del peñasco.

Lanza alaridos que a todos estremecen,
Desgarra su garganta en fuerte llanto,
Hasta la noche se envuelve en el espanto,
Eleva al cielo sus cansados brazos.

La luna y las estrellas lo acompañan,
En aquella final y última danza,
Manos necias cortaron su esperanza,
Toda su vida se fue en la negra bolsa.

Vuela "El Loco", en el viento cual paloma,
Surca los aires con alegre risa,
Recorre los segundos ya sin prisa,
Ese final de aquella última danza.

Descansó "El Loco" en el fondo del Barranco,
No hay funerales lisonjas ni cortejos,
Gime el viento entonando sus bosquejos,
Que baila "El Loco" con su eterna danza.

Un triste grito estremece la pradera,
Un pobre corazón se oprime y reza,
Peinetas de oro adornan su cabeza,
Las luces de candiles en la Hacienda.

Baila El Loco

Con hilo de oro bordado aquel pañuelo,
Le dio la bolsa de satín muy negro,
Guarda en tu cuello le dijo la doncella,
Pronto será nuestro cariño eterno.

Le dio a su novio con mechón de pelo,
Promesa de retorno y un consuelo,
Con todo su cariño dio al mozuelo,
Su vida entera aferrada a su recuerdo.

Ya baila "El Loco" en el cielo su pirueta,
Dejó su huella de sangre en la pradera,
Ya no hay dolor, ni pena ni barrera,
Baila "El Loco" en el cielo su pirueta.

Peina a su nieta sobre su regazo,
Le canta historias en su triste canto,
Por sus mejillas corre amargo el llanto,
Baila "El Loco" que la quiso tanto

Fin

Baila El Loco

Tabla de Ilustraciones:

retratos-dibujos-psiquiatrico-la-castaneda-locura/

7. Manos Juntas.
https://sp.depositphotos.com/stock-photos/amigos-de-la-mano.html

8. Maletas Antiguas.
https://www.istockphoto.com/es/search/2/image?phrase=maleta+antigua

9. Acarreo de tabacos en la Zona Tabacalera de Sihuapan Veracruz Mpio. de San Andres Tuxtla.https://www.mexicoenfotos.com/antiguas/veracruz/san-andres-tuxtla/acarreo-de-tabacos-en-la-zona-tabacalera-de-sihuap-MX15365921236769.

10.El Presidente Lázaro Cárdenas.
https://www.telesurtv.net/news/mexico-lazaro-cardenas-gobierno-aportes-revolucion-20181018-0040.html

11.Corazones Grabados.
https://st2.depositphotos.com/2851095/5889/i/950/depositphotos_58898483-stock-photo-heart-carved.jpg

12.Acantilados de Veracruz.
https://viajerodemexico.com/quebrada-veracruz-acantilados/

Baila El Loco

Baila El Loco.
de María Justa Pérez Araiza.
se terminó de imprimir en julio del 2023,
en los talleres de Groppe Libros,
para GALEON EDITORES,
en la Ciudad de Guadalajara, Jalisco, México.

Primera edición 40 ejemplares.

Diagramación
L.T. Edgar Ernesto García de León

www.ingramcontent.com/pod-product-compliance
Lightning Source LLC
Chambersburg PA
CBHW070323130626
46556CB00007B/2708